MON JOURNAL DE LECTURE

Sous la direction de Corinne ABENSOUR

Sarah DELALE
Agrégée de Lettres modernes,
lycée Gustave Eiffel, Gagny

David GALAND
Agrégé de Lettres modernes,
lycée Mireille-Grenet, Compiègne

Sandra GALAND-LECARDONNEL
Certifiée de Lettres modernes,
lycée Mireille-Grenet, Compiègne

Valérie MONFORT
Agrégée de Lettres modernes,
lycée Galilée, Gennevilliers

Élodie PINEL
Agrégée de Lettres modernes,
certifiée de Lettres classiques,
lycée Saint Thomas de Villeneuve, Saint Germain en Laye

Nourhan SAFEY
Agrégée de Lettres modernes,
lycée Pierre-Mendès France, Savigny-le-Temple

LeRobert

COMMENT TRAVAILLER AVEC VOTRE JOURNAL DE LECTURE ?

Pendant votre année de 2de et votre année de 1re, vous allez lire des œuvres littéraires et vous préparer au Bac de français.
Ce journal vous accompagnera dans vos lectures et dans votre entraînement aux épreuves écrite et orale.

• **Guidé par les activités qui vous sont proposées, vous allez vous approprier les œuvres,** mieux les connaître, mieux les mémoriser. Vous allez apprendre à les commenter, à exprimer votre point de vue et à partager les émotions que les textes suscitent en vous.
Vous allez découvrir ce qui est attendu à l'écrit et à l'oral du Bac et vous entraîner pour réussir.

• **En utilisant régulièrement votre journal, vous progresserez dans la compréhension des œuvres** mais aussi dans la maîtrise des épreuves du Bac.

• **Ce journal sera la trace de votre travail :** un ensemble de notes, précises et organisées, que vous pourrez relire à différents moments de l'année, avant les épreuves de Bac blanc et avant l'examen final.

• **Dans votre journal, vous serez amené à écrire mais aussi à dessiner,** à faire des collages, à vous enregistrer, à mettre en avant votre créativité.

Nous espérons que vous aurez plaisir à réaliser toutes ces activités.

L'équipe d'auteurs

SOMMAIRE

PLANNING DE LECTURE

Année

Septembre

Octobre

Novembre

Décembre

Janvier

Février
Mars
Avril
Mai
Juin
Juillet
Août

PLANNING DE LECTURE

Année

Septembre

Octobre

Novembre

Décembre

Janvier

Février

Mars

Avril

Mai

Juin

Juillet

Août

AUTOPORTRAIT DE LECTEUR

ACTIVITÉ 1
Votre portrait de lecteur en images

Observez attentivement les tableaux proposés ci-dessous.
Sélectionnez le(s) tableau(x) et les situations qui vous correspondent.

Jean-Honoré Fragonard,
La Liseuse (1770-1772)

☐

Vous vous installez confortablement pour lire, dans une attitude studieuse. Vous pensez que la lecture exige de la concentration et de la réflexion.

Franz Eybl,
Jeune fille lisant (1850)

☐

Vous vous sentez vite ému(e). La lecture suscite en vous des affects et évoque des sentiments profonds. Vous aimez être ému(e) par des personnages et des situations touchantes.

René Magritte,
La Lectrice soumise (1928)

☐

Vous aimez être surpris(e), choqué(e). Pour vous, un livre doit remuer le lecteur. Vous donnez la priorité à l'action et aux rebondissements.

Théo Van Rysselberghe,
La Lecture (1903)

☐

Vous avez aussitôt envie de lire à voix haute certains passages, de partager votre lecture parce qu'elle suscite en vous des questionnements et des réflexions.

Giuseppe Arcimboldo,
Le Bibliothécaire (1570)

☐

Vous lisez régulièrement et de tout. Vous allez facilement vers les livres et vous parvenez aisément à choisir vos lectures, même en dehors du temps scolaire.

Jean-Baptiste Greuze,
Le Petit Paresseux (1755)

☐

Vous avez des difficultés à lire un livre. Vous vous ennuyez facilement ou perdez rapidement le fil de votre lecture. Vous manquez de régularité.

Ernest Meissonier,
Le Liseur Blanc (1857)

☐

Vous vous sentez enfermé(e) lorsque vous lisez. Selon vous, la lecture est une activité difficile. Vous ne parvenez pas à vous identifier aux personnages et aux situations. Vous pensez que l'expérience réelle peut vous apporter davantage.

ACTIVITÉ 2
Se représenter en lecteur

Recherchez, *via* un moteur de recherche, un tableau mettant en scène un personnage lecteur et dans lequel vous vous reconnaissez. Pensez à indiquer les références du tableau choisi : nom de l'artiste, titre et date. Vous pouvez aussi réaliser une photographie : vous vous mettrez alors en scène en situation de lecture. N'hésitez pas à intégrer des accessoires qui ont pour vous du sens. Collez l'image ci-dessous.

Expliquez votre choix en partant des détails du tableau ou de la photographie.

....

....

....

....

....

....

....

COUP DE POUCE
Vous pouvez observer et analyser la posture, les couleurs, le cadre de la scène, les accessoires, l'expression du visage, l'atmosphère qui s'en dégage, la composition…

ACTIVITÉ 3
Votre identité de lecteur

Nom:
Prénom:
Âge:
Classe:

→ À quel(s) moment(s) de la journée préférez-vous lire ? Pourquoi ?

→ Où préférez-vous lire ? Pourquoi ?

→ Quelle posture aimez-vous prendre lorsque vous lisez ?

→ Quelles émotions aimez-vous ressentir au cours d'une lecture ? Qu'aimez-vous lire ?

→ Pouvez-vous évoquer un souvenir associé à un livre, à un moment de lecture ?

→ Avez-vous été marqué(e) par un livre ou un (des) personnage(s) de fiction ? Le(s)quel(s) ? Pourquoi ?

→ Qu'est-ce qui vous attire en premier dans le choix d'un livre ?

- ☐ Le titre
- ☐ L'auteur
- ☐ La première de couverture
- ☐ Les premières lignes du texte
- ☐ Le résumé
- ☐ Le nombre de pages
- ☐ Autre : ....

→ Selon vous, que peut apporter la lecture ou la fréquentation régulière des livres ?

Cochez dans la liste vos citations préférées.

- ☐ « Lire, c'est créer, peut-être à deux. » (Honoré de Balzac)
- ☐ « Lire est [...] un voyage, une entrée insolite dans une dimension autre qui, le plus souvent, enrichit l'expérience. » (Vincent Jouve)
- ☐ « Une heure de lecture est le souverain remède contre les dégoûts de la vie. » (Charles de Montesquieu)
- ☐ « La lecture est un art et tout le monde n'est pas artiste. » (Madeleine Chapsal)
- ☐ « La lecture d'un roman jette sur la vie une lumière. » (Louis Aragon)
- ☐ « La vraie lecture commence quand on ne lit plus seulement pour se distraire et se fuir, mais pour se trouver. » (Jean Guéhenno)

ACTIVITÉ 4
Votre portrait de lecteur en livres : votre bibliothèque personnelle

LE RÉCIT

Quels genres, sous-genres
et registres associez-vous au récit ?

Quels sont vos récits préférés
(lectures personnelles ou scolaires) ?

Qu'aimez-vous dans le récit ?
Que n'aimez-vous pas ?

LE THÉÂTRE

Quels sous-genres et registres
associez-vous au théâtre ?

Quels sont vos pièces de théâtre préférées
(lectures personnelles ou scolaires) ?

Qu'aimez-vous dans le théâtre ?
Que n'aimez-vous pas ?

LA POÉSIE

Quels genres et registres associez-vous à la poésie ?

Quels sont vos poèmes préférés
(lectures personnelles ou scolaires) ?

Qu'aimez-vous dans la poésie ?
Que n'aimez-vous pas ?

LA LITTÉRATURE D'IDÉES

Quels sont vos textes d'idées préférés
(lectures personnelles ou scolaires) ?

Qu'aimez-vous dans la littérature d'idées ?
Que n'aimez-vous pas ?

PRATIQUES CULTURELLES

Différentes manières de se cultiver

Regarder une série, un film, une vidéo TikTok sur un livre, écouter de la musique, un podcast… Tout cela vous permet de vous approprier une œuvre et un auteur. Voici une liste des différentes pratiques pour se cultiver et s'approprier une œuvre :

- [ ] Regarder une série qui se passe à l'époque de l'histoire (ex. : *Reign* pour *La Princesse de Clèves*)

- [ ] Regarder le film tiré du livre (ex. : *Madame Bovary* de Gustave Flaubert adapté par Claude Chabrol)
- [ ] Écouter la version audio du livre
- [ ] Écouter un podcast sur l'auteur/autrice ou sur le livre (ex. : l'émission de France Culture *La Compagnie des œuvres*, le podcast *Passe ton bac de français d'abord*)

- [ ] Regarder une émission de télévision sur les livres récents (ex. : *La Grande Librairie*, *La P'tite Librairie* sur France 5, *Le Cercle* sur Canal +)
- [ ] Regarder une vidéo sur un écrivain ou une écrivaine sur un site Internet (ex. : Educ'ARTE, Lumni)
- [ ] Chercher les vidéos TikTok associées à un auteur, une autrice ou un livre

- [ ] Lire l'adaptation en bande dessinée d'un classique (ex. : *La Princesse de Clèves* par Catel)

Parmi toutes les pratiques culturelles énumérées, qu'avez-vous déjà essayé ? Citez-en trois.

1 ....

2 ....

3 ....

Pensez-vous à d'autres pratiques qui n'auraient pas été listées ? À vos idées !

....

DÉFI

Parmi les pratiques listées ci-contre, choisissez-en deux que vous n'avez jamais essayées et lancez-vous le défi de les réaliser cette année (chiche !).

1 ....

2 ....

Pratiques culturelles créatives

Il existe des pratiques culturelles encore plus créatives :

- ☑ Tourner une vidéo de BookTubing
- ☑ Créer un mème à partir d'un passage du livre que vous étudiez
- ☑ Faire une playlist de l'époque de l'histoire lue et l'écouter pendant la lecture (ex. : des *Nocturnes* de Chopin pour lire George Sand)
- ☑ Tourner une vidéo TikTok sur un livre
- ☑ Lire un passage à haute voix en mettant le ton et s'enregistrer
- ☑ Se rendre sur les lieux décrits dans le livre ou à l'endroit où l'auteur a vécu

- ☑ Écrire une suite au livre
- ☑ Réécrire un passage du livre en le transposant à aujourd'hui ou à une autre époque
- ☑ Trouver une illustration pour un passage du livre (dessin, photo…)
- ☑ S'entraîner à apprendre par cœur une tirade d'une pièce de théâtre (ex. : la tirade de don Rodrigue dans le *Cid,* acte IV, scène 3, de Pierre Corneille ; l'aveu de Phèdre dans la pièce de Jean Racine, acte I, scène 3)
- ☑ Jouer une scène d'une pièce de théâtre avec des amis, sans préparation, en inventant un décor avec les moyens du bord

- ☑ Adapter un passage court du livre en bande dessinée

Mes pratiques

Parmi toutes les pratiques créatives énumérées, quelles sont déjà les vôtres ? Citez-en trois.

1 ....
....
....

2 ....
....
....

3 ....
....
....

Pensez-vous à d'autres pratiques créatives ? Écrivez-les ici.

....
....
....
....
....
....
....
....

DÉFI

Parmi les pratiques créatives évoquées, choisissez-en deux et exercez-vous cette année (chiche !)

1 ....
....
....

2 ....
....
....
....

LIRE VERS L'ÉCRIT DU BAC

LE RÉCIT

LE THÉÂTRE

LA LITTÉRATURE D'IDÉES

LA POÉSIE

LIRE VERS L'ÉCRIT DU BAC

ŒUVRE INTÉGRALE

LE RÉCIT

ACTIVITÉ 1
S'interroger sur le titre

L'analyse du titre est fondamentale : l'auteur y a nécessairement beaucoup réfléchi.

BON À SAVOIR
Un titre peut évoquer la banalité d'un héros, comme *Madame Bovary* (1856) de Gustave Flaubert ou *Thérèse Raquin* (1867) d'Émile Zola. *L'Ensorcelée* (1852) deJules Barbey d'Aurevilly peut faire penser à un récit fantastique. *Voyage en Orient* (1851) de Gérard de Nerval suggère qu'il s'agit du récit d'un voyage dépaysant.

ÉTAPE 1 Avant la lecture

Avant de lire l'œuvre, écrivez ce que son titre vous évoque.

....

....

....

....

....

....

Listez ce que vous attendez de ce récit (sur le cadre, les personnages, les événements racontés).

....

....

....

....

....

....

Observez l'illustration de la couverture proposée par votre édition : vous semble-t-elle correspondre au titre ? Qu'ajoute-t-elle à vos attentes sur le récit ?

....

....

....

....

....

ÉTAPE 2 Après la lecture

BON À SAVOIR
Un titre peut jouer sur le **décalage**, comme *Zazie dans le métro* de Raymond Queneau (1959) : Zazie ne prend jamais le métro.

Comment pouvez-vous expliquer le choix du titre de l'œuvre par son auteur ?

En quoi la couverture est-elle adaptée au récit que vous venez de lire ?
Si vous étiez éditeur, quelle couverture proposeriez-vous plutôt que celle qui a été choisie ?
(Vous pouvez créer votre illustration à partir du support que vous souhaitez ou la dessiner.)

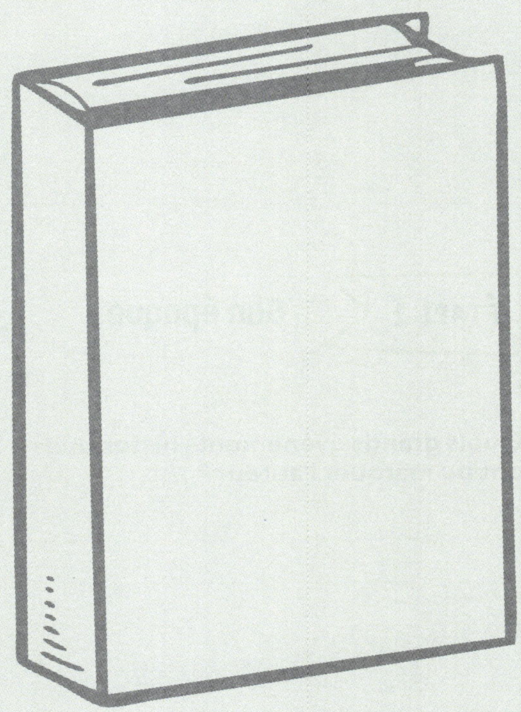

ACTIVITÉ 2
Connaître l'auteur

Connaissez-vous l'auteur de l'œuvre ? Le connaissez-vous uniquement de réputation ou avez-vous lu d'autres textes de lui ? Si c'est le cas, quels titres pouvez-vous citer ?

....

....

....

....

....

ÉTAPE 1 — Sa vie et son œuvre en quelques mots

Par une recherche que vous ferez à partir de l'édition de votre livre ou à partir d'autres sources, notez quelques informations biographiques sur l'auteur (naissance, milieu social, études, carrière, œuvres les plus importantes).

....

....

....

....

....

Vous pouvez coller un portrait ou une photo de l'auteur.

ÉTAPE 2 — Son époque

Quels grands événements historiques ont pu marquer l'auteur ?

....

....

....

....

....

Quels autres auteurs ou artistes contemporains pouvez-vous recenser ?

....

....

....

....

....

....

ACTIVITÉ 3
Analyser l'incipit de l'œuvre

BON À SAVOIR
On appelle « incipit » le **commencement d'un récit**. Il s'agit d'un moment-clé puisqu'il constitue l'entrée dans le texte.

L'incipit vous semble-t-il conforme à ce que l'on attend traditionnellement de lui ? Relevez, par exemple, les indicateurs de temps et de lieu ainsi que les informations relatives aux personnages et aux actions.

....

....

....

....

....

Quel est votre ressenti personnel après la lecture des premières lignes du récit ?

....

....

....

....

....

....

....

....

....

....

....

COUP DE POUCE
Un incipit peut être dit *in medias res*, comme dans *La Condition humaine* (1933) d'André Malraux : « Tchen tenterait-il de lever la moustiquaire ? » Le lecteur est censé déjà connaître le personnage principal. Un incipit peut aussi retarder le début du récit pour mettre en place la fiction d'un manuscrit retrouvé, comme le fait l'abbé Prévost en faisant croire qu'il a inséré dans ses mémoires le récit du chevalier Des Grieux dans *Manon Lescaut* (1731).

Que semble vous promettre ce début de récit ?

....

....

....

....

....

....

....

BON À SAVOIR
Un incipit peut **surprendre**, comme celui d'*Aurélien*, roman écrit par Louis Aragon en 1944 : « La première fois qu'Aurélien vit Bérénice, elle lui parut franchement laide. »

ACTIVITÉ 4
Analyser l'explicit de l'œuvre

**Qualifiez la fin du récit.
Toutes les épreuves ont-elles été menées à bout ? Tous les conflits ont-ils été résolus ? S'agit-il au contraire d'une fin ouverte ? S'agit-il d'une fin symbolique ?**

Décrivez votre ressenti personnel à l'issue de cette lecture. La fin du récit est-elle conforme à ce que vous attendiez ? Est-elle surprenante ? décevante ? A-t-elle suscité chez vous un sentiment de joie / tristesse / colère...?

COUP DE POUCE
La fin des *Liaisons dangereuses* de Pierre Choderlos de Laclos (1782) est symbolique car la marquise de Merteuil sort défigurée par la petite vérole et perd un œil après avoir manipulé des personnages naïfs et innocents.

À votre tour, imaginez ce que l'auteur aurait pu écrire : rédigez en quelques lignes la fin idéale du récit que vous avez lu.

FIN

ACTIVITÉ 5
S'interroger sur le genre du récit

Déterminez à quel genre appartient le récit que vous avez lu, puis faites une rapide recherche sur celui-ci pour en définir les caractéristiques principales.

COUP DE POUCE
Il peut s'agir d'un récit de voyage, d'une autobiographie, d'une autofiction, d'une nouvelle. S'il s'agit d'un roman, vous pouvez préciser son genre : s'agit-il d'un roman épistolaire, historique, d'un roman d'aventures, d'apprentissage, d'un roman de science-fiction, d'un roman d'anticipation...?

Cherchez comment l'auteur se situe par rapport à l'histoire du genre : en est-il le précurseur ? S'inscrit-il dans la tradition de ce genre ? S'en démarque-t-il au contraire par son originalité ?

ACTIVITÉ 6
S'interroger sur la tonalité du récit

Consacrez cette page à l'expression de votre ressenti personnel pendant votre lecture.

COUP DE POUCE
Pour vous aider à identifier votre ressenti, essayez de trouver une musique qui pourrait provoquer les mêmes impressions qui ont pu être suscitées par votre lecture. Vous pouvez faire la même recherche pour un tableau. Vous pouvez aussi proposer une illustration personnelle de votre choix.

ACTIVITÉ 7
S'interroger sur les personnages

Si le récit est un roman, faites la liste des personnages et signalez leur importance dans l'intrigue. Indiquez les caractéristiques principales qui définissent chacun d'entre eux.

Nom du personnage	Est-ce un personnage important ?	Caractéristiques du personnage

ACTIVITÉ 8
S'interroger sur le narrateur et les points de vue

COUP DE POUCE
Le narrateur peut être extérieur au récit. Il peut aussi s'agir d'un narrateur personnage qui raconte le récit à la première personne. Il faut être attentif aux récits qui s'emboîtent. Par exemple, dans *Manon Lescaut*, le narrateur fait croire qu'il intègre à ses mémoires le récit du chevalier Des Grieux.

Qui raconte l'histoire ?

....

....

....

....

....

....

....

....

....

Quel point de vue est majoritairement employé dans le récit ?

....

....

....

....

....

....

....

....

....

....

....

....

....

....

BON À SAVOIR

- Le point de vue le plus utilisé est le **point de vue omniscient** : le narrateur sait tout, y compris le passé des personnages.
- Le **point de vue interne** consiste à raconter à travers le regard d'un personnage en particulier. Si le récit est à la première personne, le point de vue est nécessairement interne ; s'il est à la troisième personne, le point de vue interne est reconnaissable à la présence de vocabulaire de perception ou/et à la présence de discours indirect libre.
- Le **point de vue externe** correspond à un récit dont le narrateur ne sait rien sur les personnages et semble découvrir les événements en même temps que le lecteur.

Pour vous approprier davantage l'œuvre, imaginez qu'un personnage secondaire fasse le récit d'un événement de son point de vue : quels changements allez-vous opérer ?

....

....

....

....

....

....

....

ACTIVITÉ 9
Faire le point sur l'intrigue

Résumez brièvement les événements principaux à la fin de chaque chapitre lu. Vous pouvez partir du tableau suivant, que vous prolongerez selon les besoins de votre récit.

BON À SAVOIR

Certains récits ne sont pas organisés en chapitres. Il faut donc observer la disposition du texte dans le livre pour **segmenter** l'œuvre. Soyez attentif aux sauts de ligne, aux titres des grandes parties, voire à leur numérotation pour déterminer quels sont les **grands mouvements du texte**. S'il s'agit d'un recueil de lettres, comme celles de Mme de Sévigné, vous pouvez regrouper les lettres par dates et/ou lieux de composition. S'il s'agit d'une autobiographie, de mémoires ou d'une autofiction, vous pouvez rassembler les événements qui se sont déroulés à une même époque.

N° de chapitre	Personnages principaux présents	Indicateurs de temps et de lieu	Événements essentiels
....	....	....	....
....	....	....	....
....	....	....	....
....	....	....	....

COUP DE POUCE

Certains récits présentent de longs passages descriptifs pendant lesquels l'action est suspendue. Indiquez alors l'objet de la description et essayez de cerner l'intérêt de celle-ci. Ainsi, les romans d'Honoré de Balzac accordent une large place à la description des lieux dans lesquels les personnages évoluent car ils reflètent le caractère de ceux-ci.

N° de chapitre	Personnages principaux présents	Indicateurs de temps et de lieu	Événements essentiels
....	....	....	....
....	....	....	....
....	....	....	....
....	....	....	....

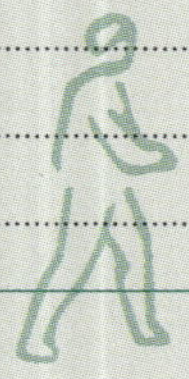

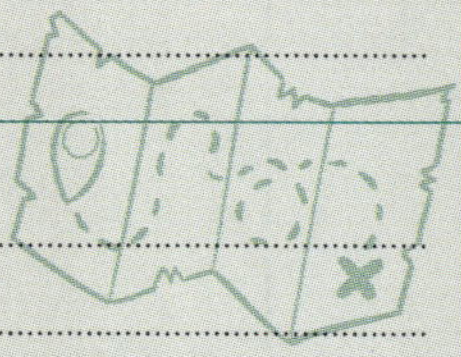

ACTIVITÉ 10
Sélectionner un passage préféré

Quel passage avez-vous préféré ? Essayez de formuler les raisons de votre choix. S'agit-il d'un passage qui vous a ému(e) ? qui vous a rappelé des faits de votre propre vie ? Constitue-t-il un moment-clé dans le récit ? ...

Pour vous approprier davantage l'œuvre, mettez-vous à la place de l'éditeur du récit que vous avez lu et rédigez une quatrième de couverture dans laquelle vous intégrerez une longue citation de votre passage préféré.

ACTIVITÉ 11
S'interroger sur les personnages

Quel est votre personnage préféré ?
Essayez d'expliquer pourquoi. Ce personnage vous rappelle-t-il quelqu'un de proche ? vous-même ? quelqu'un à qui vous aimeriez ressembler ? Possède-t-il des qualités positives que vous admirez ? des défauts que vous condamnez, mais qui rendent le personnage humain et réaliste ?

Quel(s) personnage(s) suscite(nt) vos interrogations ? Pourquoi ?

COUP DE POUCE

On peut penser à un personnage principal peu sympathique mais qui éveille la curiosité, comme Meursault dans *L'Étranger* d'Albert Camus (1942) ou Julien Sorel dans *Le Rouge et le Noir* de Stendhal (1830). Ainsi, l'incipit de *L'Étranger* montre d'emblée un personnage *a priori* peu attachant.

« Aujourd'hui, maman est morte. Ou peut-être hier, je ne sais pas. J'ai reçu un télégramme de l'asile : " Mère décédée. Enterrement demain. Sentiments distingués." Cela ne veut rien dire. [...] Pour le moment, c'est un peu comme si maman n'était pas morte. Après l'enterrement, au contraire, ce sera une affaire classée et tout aura revêtu une allure plus officielle. »

Albert Camus, *L'Étranger*, 1942.

On peut aussi penser à un personnage secondaire mais que l'on remarque pour son caractère insolite. Dans *Madame Bovary* de Gustave Flaubert (1856), par exemple, Lestiboudois, le fossoyeur, fait pousser des pommes de terre dans une parcelle du cimetière.

ACTIVITÉ 12
Choisir quelques citations pour mémoriser l'œuvre

Consacrez cet espace à recopier les citations du récit qui vous semblent emblématiques de l'œuvre ou celles dont vous souhaitez vous rappeler pour mener votre entretien.

COUP DE POUCE
On peut sélectionner des citations dans l'ensemble du récit, mais il est judicieux de relever des phrases dans les passages-clés comme le début et la fin, ou encore au moment d'un événement marquant.

ACTIVITÉ 13
Au-delà du récit

Recherchez les reprises qui ont pu être faites de l'œuvre que vous venez de lire : existe-t-il une adaptation cinématographique ? une bande dessinée ? un roman graphique ? une réécriture parodique ? une suite ? ...

Si vous avez trouvé une reprise, notez-en ici le(s) auteur(s) et recherchez une illustration (couverture de bande dessinée, affiche de film...), que vous pouvez coller ci-dessous. Si vous avez le moyen de consulter cette reprise, notez les différences et les ressemblances avec le récit que vous avez lu. Cette reprise constitue-t-elle un apport à l'œuvre initiale ?

Si vous n'avez trouvé aucune forme de reprise de cette œuvre, pourriez-vous en imaginer une ? Si oui, laquelle ?

LECTURE CURSIVE

LE RÉCIT

ACTIVITÉ 1
S'interroger sur le titre et sur l'auteur

ÉTAPE 1 Avant la lecture

Avant de lire l'œuvre, écrivez ce que son titre vous évoque.

....

....

....

....

....

....

....

Listez ce que vous attendez de ce récit (sur le cadre, les personnages, les événements racontés).

....

....

....

....

....

....

....

Observez l'illustration de la couverture proposée par votre édition : vous semble-t-elle correspondre au titre ? Qu'ajoute-t-elle à vos attentes sur le récit ?

....

....

....

....

....

....

ÉTAPE 2 Après avoir lu l'œuvre

Comment pouvez-vous expliquer le choix du titre de l'œuvre par son auteur ?

....
....
....
....
....
....
....
....

En quoi la couverture vous semble-t-elle adaptée au récit que vous venez de lire ?

....
....
....
....
....
....
....
....

ÉTAPE 3 La vie et l'œuvre de l'auteur en quelques mots

Par une recherche que vous pouvez faire à partir de l'édition de votre livre ou à partir de supports extérieurs, relevez quelques informations biographiques sur l'auteur (naissance, milieu social, études, carrière, œuvres les plus importantes, événements historiques importants qui ont pu marquer sa vie).

- ....
- ....
- ....
- ....
- ....
- ....
- ....
- ....
- ....
- ....
- ....
- ....
- ....

ACTIVITÉ 2
S'interroger sur les personnages

Recensez les personnages du récit dans le tableau ci-dessous en mentionnant leur importance et leurs principales caractéristiques.

Nom du personnage	Est-ce un personnage important ?	Caractéristiques du personnage

Quel personnage préférez-vous ? Rédigez-en brièvement le portrait, en essayant d'indiquer les raisons de votre choix.

ACTIVITÉ 3
Faire le point sur l'intrigue

Résumez les événements narrés dans le récit.

1 ……………………………………………………………………
……………………………………………………………………
……………………………………………………………………

2 ……………………………………………………………………
……………………………………………………………………
……………………………………………………………………

3 ……………………………………………………………………
……………………………………………………………………
……………………………………………………………………

4 ……………………………………………………………………
……………………………………………………………………
……………………………………………………………………

ACTIVITÉ 4
Exprimer son ressenti personnel

**Faites le bilan de votre lecture : avez-vous aimé ce récit ?
Développez des arguments qui vous permettent d'expliquer votre ressenti : interrogez-vous, par exemple, sur la facilité avec laquelle vous avez lu l'œuvre, sur le lien que vous pouvez établir avec votre vie personnelle, sur la capacité du récit à vous faire réfléchir à un thème que vous n'aviez jamais abordé, sur sa capacité à renouveler le point de vue que vous aviez sur un thème, sur son caractère moderne...**

……………………………………………………………………
……………………………………………………………………
……………………………………………………………………
……………………………………………………………………
……………………………………………………………………
……………………………………………………………………
……………………………………………………………………
……………………………………………………………………
……………………………………………………………………

ŒUVRE INTÉGRALE

LE THÉÂTRE

ACTIVITÉ 1
« Entrer dans la pièce... » : découvrir l'auteur et le contexte d'écriture

ÉTAPE 1 L'auteur

Collez ici le portrait de l'auteur.

Nom : ....

Prénom : ....

Notez les évènements importants de sa vie en 5 étapes :

▷ ....

....

....

▷ ....

....

....

▷ ....

....

....

▷ ....

....

....

▷ ....

....

....

Quels sont les mouvements littéraires et artistiques auxquels il a participé ?

....

....

....

....

....

....

....

ÉTAPE 2

Le contexte

En quelle année l'œuvre a-t-elle été écrite ?

....

....

....

Notez un fait historique contemporain de cette date.

....

....

....

....

....

Collez ci-dessous la reproduction d'une œuvre d'art créée à la même époque que la pièce que vous étudiez.

Titre : ....

Artiste : ....

ACTIVITÉ 2
« Entrer dans la pièce... » : par le titre, la liste des personnages et le décor

ÉTAPE 1 — Le titre de la pièce

COUP DE POUCE
Certains titres mentionnent le personnage principal de la pièce, d'autres annoncent l'étude d'un caractère ou d'un type social.

Cochez l'intrus dans la série de titres suivante :

- ○ Phèdre
- ○ Tartuffe
- ○ Le Mariage de Figaro
- ○ Les Caprices de Marianne
- ○ Les Fausses Confidences

Dans quelle catégorie pourriez-vous classer le titre de la pièce que vous allez lire ?

....

....

Expliquez ce que le titre de la pièce évoque pour vous. Vous donne-t-il envie de commencer la lecture ? Pourquoi ?

....

....

....

ÉTAPE 2 — La liste des personnages

Faites la liste des personnages de la pièce et recopiez-la dans un schéma qui fera apparaître : les relations familiales, les relations sentimentales, les catégories sociales.

BON À SAVOIR
Au théâtre, on nomme « **emploi** » un rôle qui appartient à une catégorie spécifique, relevant d'un **stéréotype** : par exemple, le valet rusé, le maître sévère, la jeune amoureuse. Pour un comédien, on dit qu'il a « le physique de l'emploi ».

ÉTAPE 3 Le décor

Où se passe la pièce ?

....

....

....

....

De quels indices disposez-vous pour vous représenter ce lieu ?

....

....

....

....

....

Collez ici une image qui pourrait illustrer le lieu tel que vous vous l'imaginez avant de commencer la lecture. Justifiez votre choix.

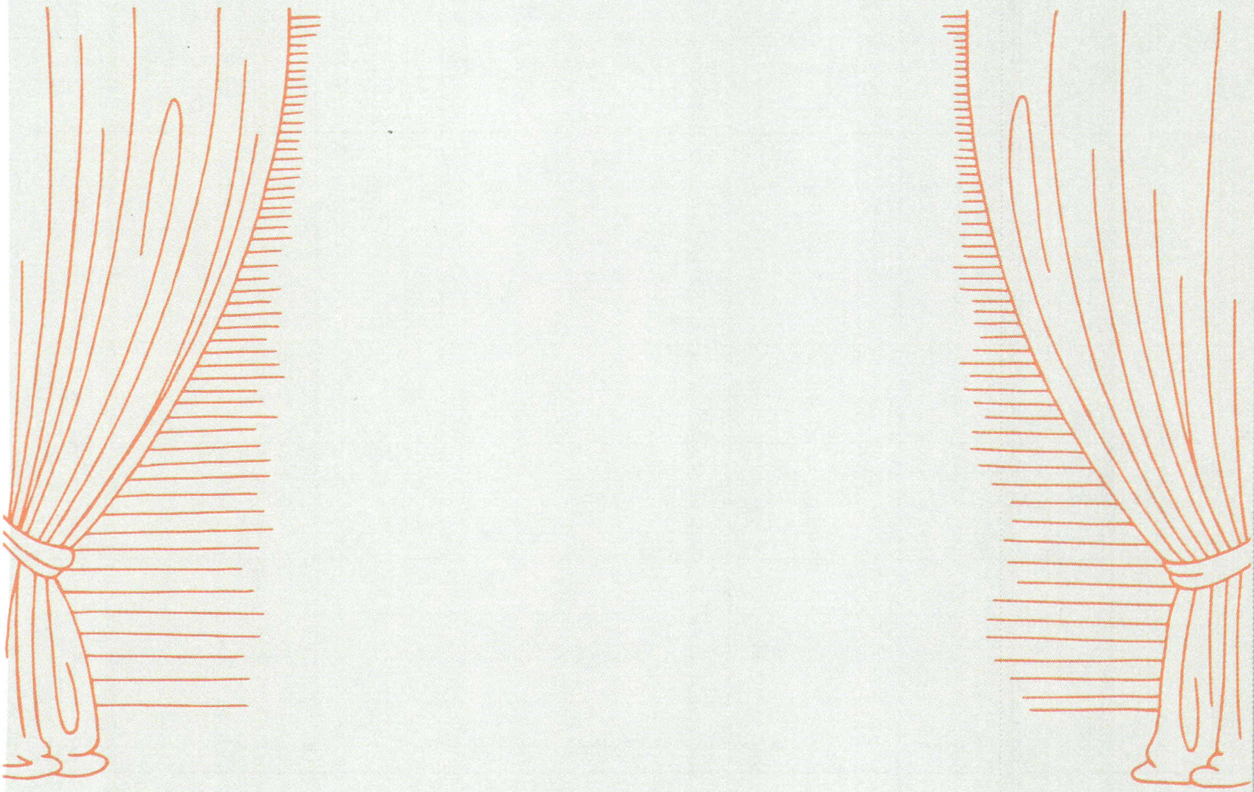

....

....

....

....

....

ACTIVITÉ 3

Lire la pièce : comprendre l'intrigue et commencer à la mémoriser

ÉTAPE 1

Mémoriser

Faites une cartographie de la pièce : indiquez où se passe chaque acte/scène et exposez de façon succincte les éléments principaux de l'intrigue.

Acte / scène	Lieu de l'action	Éléments de l'intrigue
....	....	....
....	....	....
....	....	....
....	....	....
....	....	....

ÉTAPE 2 Comparer la scène d'exposition et le dénouement

Relisez la scène d'exposition. En vous appuyant sur les éléments ci-contre, expliquez si vous trouvez qu'elle remplit bien ses différentes fonctions.

....

....

....

....

....

....

....

BON À SAVOIR

Une scène d'exposition possède **trois fonctions principales** : elle donne au spectateur les **informations** nécessaires pour qu'il comprenne la pièce, elle **séduit** pour que le spectateur poursuive sa lecture, enfin, elle pose des **questions** auxquelles la suite de l'intrigue va donner des réponses.

Relisez la scène de dénouement.
Comparez-la avec la scène d'exposition en remplissant le tableau suivant.

	Scène d'exposition	Dénouement
Lieu		
Date		
Personnages présents		
Questions posées/ questions résolues		
Tonalité de la scène		

ÉTAPE 3 Inventer

Quel autre dénouement aurait pu vous plaire ? Racontez-le en quelques phrases.

FIN

ÉTAPE 4 Comprendre ce qui fait avancer l'action et mémoriser les passages marquants de la pièce

Présentez l'intrigue de la pièce en une seule phrase.

COUP DE POUCE
Voici la définition du mot « intrigue » que donne le dictionnaire Le Robert : « Ensemble des événements principaux, action, scénario. Exemples : le nœud, le dénouement d'une intrigue. »

Quel est le nœud de l'action ? À quel moment de la pièce se situe-t-il ?

Quelles sont les péripéties qui conduisent au dénouement ? Citez-en trois.

-
-
-

Quels sont les deux passages de la pièce qui vous ont le plus intéressé ? Délimitez-les, en notant les pages et les numéros de ligne, et justifiez votre choix.

1

2

ACTIVITÉ 4
Réfléchir à la présence des personnages sur scène

COUP DE POUCE
Pour répondre à ces questions, dessinez le « tableau des présences scéniques » : c'est-à-dire un tableau dans lequel il y a autant de colonnes que de scènes dans la pièce. Notez le nom des personnages sur les lignes et ajoutez une croix à chaque fois qu'ils sont présents sur scène. Dans la dernière colonne, comptez combien de fois chaque personnage est présent pendant l'ensemble de la pièce.

Quel personnage apparaît le moins souvent ? Qu'est-ce que cela révèle ?

Quel personnage apparaît le plus souvent ?

Y a-t-il beaucoup de monologues ? Quand apparaissent-ils ? Pourquoi ?

Y a-t-il beaucoup de duos ? S'agit-il de duos ou de duels ?

Y a-t-il beaucoup de tableaux ? beaucoup de personnages sur scène ? Où se situent-ils ?

ACTIVITÉ 5
Observer la caractérisation des personnages et les relations entre les personnages

ÉTAPE 1 La caractérisation des personnages

Quels sont les trois personnages qui apparaissent le plus souvent ? Établissez leur carte d'identité : âge, statut social, profession, statut matrimonial ou sentimental.

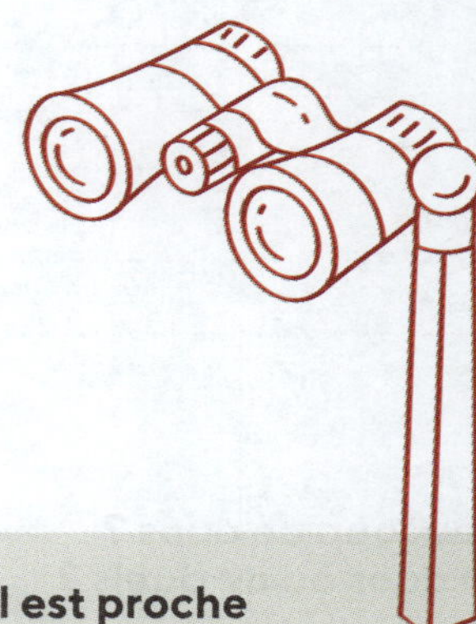

Pour chacun d'eux, expliquez son rôle dans l'action, de qui il est proche ou rival, comment il est caractérisé par sa parole.

▷

▷

▷

Recopiez une réplique de votre personnage préféré qui vous a marqué.

« .... »

Faites le portrait moral du personnage à partir de cette réplique.

....

Collez ici le portrait d'un comédien en costume qui a incarné ce personnage.
Correspond-il à l'image que vous vous faisiez de ce personnage lors de votre lecture ?

....

ÉTAPE 2 Les relations entre les personnages

Représentez les relations entre les personnages dans un schéma : regroupez ceux qui poursuivent le même objectif, ceux qui sont en opposition. Vous pouvez ajouter d'autres types de relations.

Quelles sont les relations de domination dans la pièce : sociales ? politiques ? entre les générations ? entre les genres ? Faites-en une liste en notant le nom des personnages qu'elles impliquent.

- ☐ ....
- ☐ ....
- ☐ ....
- ☐ ....
- ☐ ....
- ☐ ....
- ☐ ....
- ☐ ....
- ☐ ....
- ☐ ....

ACTIVITÉ 6
Le langage au théâtre

BON À SAVOIR

Au théâtre, on peut dresser une typologie des répliques.

- La **stichomythie** désigne un échange rapide de courtes répliques.
- Une **tirade** est une réplique longue.
- Un **monologue** est constitué des paroles que tient un individu seul sur scène.
- Un **aparté** est une convention qui consiste à faire parler un comédien à un autre ou au public sans qu'un dernier comédien n'entende.

La pièce que vous avez lue comporte-t-elle l'ensemble de la typologie décrite ci-contre ou privilégie-t-elle certaines formes ?

....

....

....

....

....

....

Un personnage prononce-t-il plusieurs tirades ou monologues ? Qu'est-ce que cela révèle de lui ?

....

....

....

....

....

....

....

....

....

Quel personnage a recours à un aparté ? Pourquoi ?

....

....

....

....

....

....

....

....

Ajoutez une tirade ou un monologue à la pièce. Repérez avec précision le moment où votre écrit va s'intégrer dans la pièce. Vous pouvez reprendre certaines expressions qui vous semblent caractéristiques du personnage.

....

....

....

....

....

....

....

ACTIVITÉ 7

S'intéresser au décor, aux objets, aux accessoires et à leur valeur dans la pièce

La pièce se déroule-t-elle plutôt à l'extérieur ou à l'intérieur ?

Y a-t-il beaucoup de changements de lieux ? Quel est l'effet produit ?

D'après vous, quel est le personnage qui maîtrise le mieux l'espace ? Justifiez votre réponse.

Notez les références de deux mises en scène, metteurs en scène, dates, lieux. Décrivez les décors : couleurs, volumes, matières, etc.

Faites la liste des accessoires qui apparaissent dans cette pièce.

COUP DE POUCE
Les objets ont rarement seulement une fonction d'usage au théâtre, ils ont aussi une fonction informative – sur leur propriétaire, par exemple – ainsi qu'une fonction symbolique. Ils peuvent également être le déclencheur de l'intrigue.

Ces objets sont-ils déplacés ? échangés ? Entre quels personnages ?

Choisissez un objet et précisez ses différentes fonctions.

Ajoutez un accessoire à la pièce. Précisez à quel moment vous allez le faire intervenir et les fonctions que vous allez lui donner. Illustrez votre proposition par une image.

ACTIVITÉ 8
Confronter l'œuvre avec le parcours

Quelles questions pose l'œuvre que vous avez lue sur le parcours du programme ? Formulez-en trois.

1 ....

2 ....

3 ....

Sur quels aspects de la pièce le parcours insiste-t-il ? Sur quels personnages ?

....

Parcourez la pièce et proposez trois extraits d'une vingtaine de lignes qui vous paraissent intéressants pour étudier le parcours. Notez avec précision les références de ces passages.

1 ....

2 ....

3 ....

Proposez trois citations qui vous paraissent entrer en résonance avec le parcours.

« .... »

« .... »

« .... »

ACTIVITÉ 9
Bilan personnel : une œuvre mémorable ?

ÉTAPE 1 Retour sur votre lecture

Comment vous êtes-vous senti à la fin de cette lecture ?

Cette pièce vous a-t-elle ému ? étonné ? fait réfléchir ? Quel passage en particulier ?

ÉTAPE 2 Mise en voix

**Choisissez deux passages que vous aimeriez mettre en voix.
Justifiez ce choix et expliquez votre intention de lecture.**

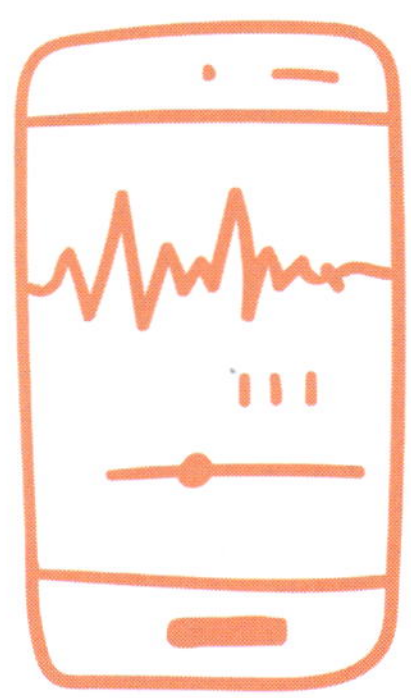

Réalisez les deux enregistrements.

LECTURE CURSIVE

LE THÉÂTRE

ACTIVITÉ 1
Comprendre le contexte d'écriture de l'œuvre, découvrir les personnages et le décor

Notez le prénom et le nom de l'auteur, le titre de la pièce et sa date de création.

....

....

....

....

À quels mouvements littéraires et artistiques l'auteur a-t-il participé ?

....

....

....

....

....

Qu'est-ce qui a conduit l'auteur à écrire cette œuvre ?

....

....

....

....

....

....

Où se passe la pièce ?

....

....

....

....

....

Faites la liste des personnages de la pièce et recopiez-la dans un schéma qui fera apparaître leurs relations.

ACTIVITÉ 2
Lire la pièce, s'arrêter sur les passages importants pour les mémoriser

Quels sont les passages de la pièce qui vous ont le plus intéressé ? Délimitez-les, en notant les pages et les numéros de ligne, et justifiez votre choix.

Quel passage vous a vraiment surpris ? Qu'est-ce que vous n'aviez pas anticipé ?

Rédigez une intention de mise en scène pour ce passage. Vous évoquerez le décor, les costumes, les déplacements des comédiens.

Mise en scène :

ACTIVITÉ 3
S'approprier l'œuvre, la faire sienne

Jouons un peu…

Faites le portrait chinois de l'œuvre.

- Si cette pièce était une couleur, elle serait ....
  car ....
- Si cette pièce était une musique, elle serait ....
  car ....
- Si cette pièce était un plat, elle serait ....
  car ....
- Si cette pièce était un parfum, elle serait ....
  car ....

Si vous étiez éditeur :

Quelle 4e de couverture proposeriez-vous ?

Quelle couverture pourriez-vous choisir pour une nouvelle édition de l'œuvre ?

Au moment de faire paraître l'œuvre, vous avez l'idée d'un autre titre. Lequel ?

....

ACTIVITÉ 4
Découvrir un avis critique et le confronter à sa propre lecture

Cherchez un avis critique sur la pièce ou sur une mise en scène qui vient d'en être donnée. Isolez un passage de cette critique où l'auteur formule un point de vue. Recopiez-le. Partagez-vous ce point de vue ? Pourquoi ?

....

....

....

....

....

....

....

Quel est votre personnage préféré ? Pourquoi ?

....

....

....

....

....

....

Avez-vous des points de désaccord avec l'auteur / le narrateur / le personnage principal ?

....

....

....

....

....

....

....

....

....

....

Qu'est-ce que la découverte de cette pièce apporte à un lycéen d'aujourd'hui ?

....

....

....

....

....

....

....

....

....

ŒUVRE INTÉGRALE

LA LITTÉRATURE D'IDÉES

ACTIVITÉ 1
Découvrir l'œuvre, observer la couverture, créer une couverture

BON À SAVOIR
La première de couverture d'une œuvre permet de **donner au texte son identité**. Elle a une fonction ornementale et informative. Elle peut également **produire du sens** et révéler une interprétation du texte et ce qu'on en retient.

Observez la première de couverture du livre que vous étudiez et indiquez ci-dessous les différents éléments qui la composent.

Éléments typographiques	Image	Couleurs dominantes	Composition

Remplissez ce tableau avant puis après avoir lu le livre.

Avant lecture	Après lecture
Qu'est-ce que la première de couverture dit du texte ?	Qu'est-ce que la première de couverture ne révèle pas du texte ? ....
Parvenez-vous à identifier le genre du texte à partir de la première de couverture ?	Quelles images proposeriez-vous pour illustrer les thèmes abordés par l'œuvre ? ....
Que pensez-vous de cette première de couverture et du livre proposé ?	Qu'est-ce qui est le plus marquant d'après vous dans l'œuvre ? Proposez une image qui reflète cet aspect de l'œuvre. ....

Réalisez une première de couverture de l'œuvre choisie. Elle doit refléter une lecture personnelle de l'œuvre, ce que vous retenez de votre lecture et ce que vous voulez transmettre au lecteur. Utilisez toutes les techniques possibles (dessins personnels, collages, photographies, etc.).

ACTIVITÉ 2
Découvrir les genres de la littérature d'idées

BON À SAVOIR

L'objet d'étude « littérature d'idées » renvoie à toutes les productions écrites qui développent, à l'aide de procédés d'écriture et de composition, **des idées sur l'homme et le monde**. Celles-ci s'intègrent dans un débat d'opinion et de société historiquement ancré. On peut parler de **textes argumentatifs** ou à orientation argumentative.

À quel genre appartient l'œuvre que vous étudiez ?

- ☐ Article (de presse, de dictionnaire)
- ☐ Critique
- ☐ Discours
- ☐ Entretien
- ☐ Essai
- ☐ Lettre
- ☐ Manifeste
- ☐ Maxime
- ☐ Pamphlet
- ☐ Plaidoirie
- ☐ Portrait
- ☐ Récit (conte merveilleux, conte philosophique, fable, roman...)
- ☐ Réquisitoire
- ☐ Autre : ....

En quoi le genre choisi est-il adapté au projet de l'auteur et au débat d'idées qui anime son époque ?

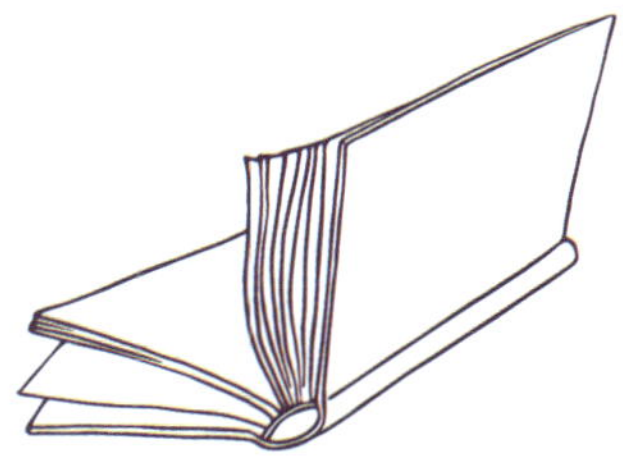

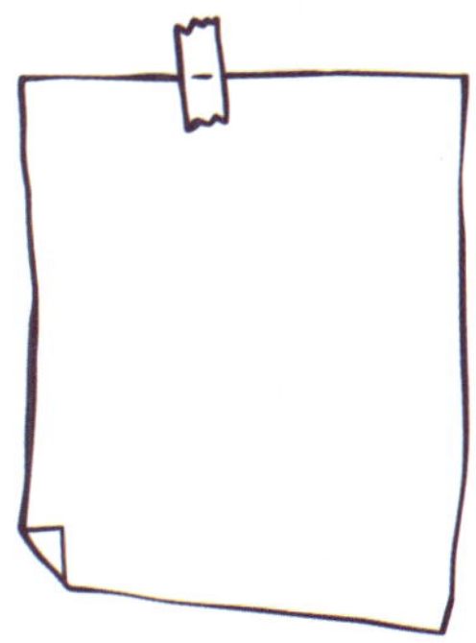

ACTIVITÉ 3
Découvrir les différentes formes de l'argumentation

BON À SAVOIR

Il existe **deux formes d'argumentation :**
- **l'argumentation indirecte :** l'auteur choisit d'écrire un récit pour exprimer ses idées et ses arguments. Il construit un cadre spatiotemporel et crée des personnages ; l'histoire relatée permet d'illustrer sa thèse et ses arguments. Certains personnages sont le support de ses idées, d'autres sont des repoussoirs ;
- **l'argumentation directe :** l'auteur écrit et organise son texte sans passer par le détour de la fiction. Il exprime ses idées directement.

À quelle forme d'argumentation appartient le texte étudié ?

Selon vous, pourquoi l'auteur a-t-il choisi cette forme ?

Si l'œuvre étudiée appartient à la forme de l'argumentation indirecte, quels sont les personnages repoussoirs et supports des idées de l'auteur ? Évoluent-ils ? Comment ? Pensez à indiquer les références des passages qui le montrent.

Personnages repoussoirs	
Personnages qui évoluent – comment ?	
Personnages supports	

ACTIVITÉ 4
Découvrir l'auteur

ÉTAPE 1 L'auteur et son œuvre

Quelles informations liées à la biographie de l'auteur pouvez-vous associer à l'œuvre étudiée ? Faites une recherche sur la biographie de l'auteur et repérez les éléments en lien avec son texte et les idées développées.

Collez ici un portrait de l'auteur.

Son éducation, ses rencontres, ses inspirations.

Ses goûts littéraires ou autres.

Des événements marquants.

ÉTAPE 2

L'auteur dans son siècle

Siècle : ....

Le contexte politique et historique	
Personnages historiques majeurs	
Régime(s) politique(s)	
Comment l'auteur s'inscrit-il dans ce contexte politique et historique (en opposition ou en soutien) ?	
Le contexte artistique et culturel	
Mouvement littéraire et culturel	
Époque / date	
Caractéristiques majeures du mouvement	
Comment l'auteur s'inscrit-il dans ce contexte ? Appartient-il à un mouvement littéraire et culturel ?	
Quel rôle a-t-il ? Que retient-il de ce mouvement ?	

ACTIVITÉ 5
Repérer la thèse, les arguments et les exemples

Quelle est la thèse présentée dans le livre étudié ?

....

....

....

COUP DE POUCE
La thèse est la position ou l'opinion défendue par l'auteur.

Notez quatre arguments qui viennent à l'appui de la thèse défendue par l'auteur.
Citez un exemple pour illustrer chaque argument et une citation marquante.

Références	Arguments, exemples	Citations marquantes
Pages .... à ...., de « .... » à « .... »	....	« .... »
Pages .... à ...., de « .... » à « .... »	....	« .... »
Pages .... à ...., de « .... » à « .... »	....	« .... »
Pages .... à ...., de « .... » à « .... »	....	« .... »

ACTIVITÉ 6
Connaître les thèmes et les champs culturels de l'œuvre

Quels sont les thèmes de l'œuvre ?

....

....

....

....

....

....

Quel est l'intitulé du parcours au programme ?

....

....

....

....

....

....

Indiquez des passages en lien avec les mots-clé du parcours.

....

....

....

....

....

....

....

....

....

....

....

....

....

....

BON À SAVOIR

La littérature d'idées renvoie à un **ensemble d'œuvres qui développent des idées**. Celles-ci participent aux débats et aux réflexions de l'époque. Ces écrits peuvent porter sur **différents champs culturels** et engager des réflexions sur certains d'entre eux.

Entourez les champs culturels avec lesquels le texte étudié entre en résonance.

Littéraire	L'œuvre pose des questionnements sur la littérature et tout ce qui s'y rapporte (l'art, le beau, le langage, les formes littéraires…).
Philosophique	L'œuvre touche à des problèmes de philosophie, aux questions que l'homme peut se poser.
Politique	L'œuvre engage une réflexion sur l'organisation ou l'exercice du pouvoir en société.
Social	L'œuvre traite des rapports sociaux. Elle peut étudier un milieu social ou des comportements humains.
Éthique	L'œuvre s'intéresse aux règles et devoirs qui régissent une activité.
Scientifique	L'œuvre traite de la science, de la technique. Elle peut aussi réfléchir aux notions d'objectivité et de méthode.
Religieux	L'œuvre traite de la religion, des rapports entre les êtres humains et le divin.
Morale	L'œuvre porte sur la morale, le bien et le mal ou l'ensemble des règles de conduite liées à une conception particulière ou à une époque.
Autre	

Indiquez un passage de l'œuvre pour chaque champ culturel que vous avez entouré.

ACTIVITÉ 7
Étudier les stratégies et les procédés de l'argumentation

BON À SAVOIR

Il existe **deux stratégies argumentatives :**

- **convaincre :** stratégie argumentative qui consiste à rallier le destinataire à sa thèse en exploitant des arguments qui sollicitent la raison et qui sont vérifiables (arguments historiques, chiffres, études...).
- **persuader :** stratégie argumentative qui consiste à exploiter des arguments et des situations qui vont s'adresser au cœur, siège des sentiments et des émotions. Les procédés employés sont donc ceux qui vont agir sur la sensibilité.

Recherchez dans l'œuvre étudiée des extraits dans lequel l'auteur s'attache à convaincre et/ou persuader. Notez précisément les références du passage. Quels sont les procédés qu'utilise l'auteur ?

Référence du passage : ....

....

....

Procédés utilisés : ....

....

....

....

....

....

....

....

Référence du passage : ....

....

Procédés utilisés : ....

....

....

....

....

....

Référence du passage : ....

....

....

Procédés utilisés : ....

....

....

....

....

....

ACTIVITÉ 8
Identifier son ressenti de lecteur

Au cours de votre lecture, vous pouvez être amené(e) à ressentir des émotions ou sensations. Les définir peut vous aider à comprendre les effets que le texte cherche à produire.

Tristesse
Joie
Étonnement
Peur
Effroi
Émerveillement
Répugnance
Colère
Ennui
Admiration
Stupéfaction
Crainte
Déception
Malaise
Angoisse
Enthousiasme
Surprise
Amusement
Agacement
Écœurement
Inquiétude
Soulagement
Intérêt
Exaspération

BON À SAVOIR

L'**émotion** est une réaction affective transitoire provoquée par une stimulation externe ou interne. C'est donc un **trouble passager** que l'on ressent en réaction à une situation.
Le **sentiment** est un état affectif **complexe, plus durable**, lié à certaines émotions ou représentations. Il peut être un prolongement d'une émotion et participe à la formation et la construction de soi par les réflexions ou pensées qu'il engage.

Dans le nuage de mots, relevez-en trois qui correspondent à ce que vous avez ressenti pendant votre lecture.

Mot 1 : ....

Mot 2 : ....

Mot 3 : ....

Repérez les situations ou moments de lecture qui les ont provoqués. Notez-les.

....
....
....
....
....
....
....
....
....
....

COUP DE POUCE

Sur quoi peut porter l'émotion ou le sentiment ? Sur une phrase en particulier (une citation inspirante ou pas), sur les idées et arguments de l'auteur, sur une situation décrite ou racontée, sur un personnage (son comportement, son caractère, ses actions).

ACTIVITÉ 9
Inventer des slogans et des formules persuasives !

Réalisez, à partir d'extraits de l'œuvre, des slogans ou des formules persuasives. Ceux-ci doivent être brefs et écrits de manière simple afin d'attirer l'attention. Pour cela, exploitez les procédés suivants : la répétition, l'opposition, l'écho sonore, l'interpellation, les procédés de la répétition, l'humour, l'ironie, la reprise d'une formule…

Quelques exemples :

- Olympe de Gouges, *Déclaration des droits de la femme et de la citoyenne*, 1791.

  « Homme, es-tu capable d'être juste ? C'est une femme qui t'en fait la question ; tu ne lui ôteras pas du moins ce droit. Dis-moi ? Qui t'a donné le souverain empire d'opprimer mon sexe ? Ta force ? Tes talents ? »

  Le talent n'attend pas la valeur d'un homme. Homme ! Sois juste, c'est notre droit !

- La Bruyère, *Les Caractères*, livre XI, « De l'Homme », 1687.

  « L'homme qui dit qu'il n'est pas né heureux pourrait du moins le devenir par le bonheur de ses amis ou de ses proches. L'envie lui ôte cette dernière ressource. »

  L'homme est aveugle au BONHEUR. L'envie, c'est son MALHEUR !

- Texte ou citation de référence : ……………………………………

……………………………………

……………………………………

Slogan / Formule persuasive : ……………………………………

……………………………………

- Texte ou citation de référence : ……………………………………

……………………………………

……………………………………

Slogan / Formule persuasive : ……………………………………

……………………………………

- Texte ou citation de référence : ……………………………………

……………………………………

……………………………………

Slogan / Formule persuasive : ……………………………………

……………………………………

ACTIVITÉ 10
Réaliser une lecture expressive d'un passage

COUP DE POUCE
Une lecture se prépare ! Effectuez, bien avant votre prestation, un travail sur l'interprétation que vous souhaitez donner. Pour cela, appuyez-vous sur les indices du texte, implicites ou explicites, et les procédés employés. Votre interprétation doit donc être justifiée par des éléments du texte et se mettre à son service. Attention ! Tous les procédés textuels ne peuvent être rendus par la voix.

Choisissez un passage de l'œuvre. Préparez et annotez votre texte. Ajoutez des didascalies comme dans un texte théâtral, les accentuations sur certains mots, les accélérations, les silences ou les pauses.
Enregistrez-vous. Écoutez-vous. Votre lecture fait-elle entendre par des procédés oratoires adéquats une interprétation du texte ?

COUP DE POUCE
Les outils numériques d'enregistrement et de sauvegarde de vos mises en voix sont nombreux.
- L'enregistreur vocal d'un téléphone portable.
- Vocaroo : http://www.vocaroo.com permet d'enregistrer un message vocal. Vous pouvez envoyer un lien par courriel ou générer un QR Code que vous pourrez ensuite coller sur cette page.
- Audiocité : https://www.audiocite.net/

BON À SAVOIR
La **lecture expressive**, ou mise en voix, d'un texte littéraire met en jeu la voix et le corps afin de produire une diction spécifique à un texte en lien avec l'interprétation souhaitée. Elle demande donc d'**interpréter le texte** comme un chanteur ou un comédien au théâtre.

ACTIVITÉ 11
Restituer le texte dans le débat d'idées

Complétez les fiches ci-dessous en indiquant les auteurs ou personnalités (vous pouvez coller des portraits), courants de pensée, arguments, œuvres ou citations qui vont dans le sens ou pas de la position soutenue dans le livre étudié.

D'accord : ....

Pas d'accord : ....

ACTIVITÉ 12
Bilan de lecture

Exprimez-vous librement sur l'œuvre lue en évoquant notamment votre expérience personnelle. Vous pouvez vous exprimer en réaction à la thèse, aux arguments, aux exemples, à des citations...

Dans cette œuvre, il y a un peu de moi car...

Références au texte (passages ou citations)	Expression personnelle et justification par mon expérience
•	• ....
•	• ....
•	• ....

Je ne suis pas en accord avec l'œuvre car...

Références au texte (passages ou citations)	Expression personnelle et justification par mon expérience
•	• ....
•	• ....
•	• ....

LECTURE CURSIVE

LA LITTÉRATURE D'IDÉES

ACTIVITÉ 1
Justifier le choix de l'œuvre

Votre choix de lecture cursive :

Collez ici le portrait de l'auteur.

Nom de l'auteur : ....

....

Titre : ....

....

Date de publication : ....

Mouvement littéraire et culturel : ....

Justifiez votre choix.

....

....

....

....

Quel est l'intitulé du parcours dans lequel s'inscrit votre lecture cursive ?

....

....

....

Quels liens faites-vous entre ce parcours et le texte lu ? Associez aux mots-clés du parcours des passages ou des citations.

....

....

ACTIVITÉ 2
Identifier la forme, le contexte et les idées

Quelle est la forme argumentative choisie par l'auteur (argumentation directe ou indirecte) ?

Quel est le genre du texte ?

Quels sont les champs de réflexion du texte ?

Quels sont les idées et arguments de l'auteur ? (Dans le cas de l'argumentation indirecte, précisez quels sont les personnages supports de sa pensée, les personnages repoussoirs.)

Quel est le contexte d'écriture du livre ?

Contexte historique :

Contexte politique :

ACTIVITÉ 3
Créer son anthologie

Des citations marquantes

Les passages les plus appréciés

Les passages les moins appréciés

Repérez trois procédés argumentatifs de l'auteur.

① Nom du procédé :
Citation ou référence d'un passage de l'œuvre :

② Nom du procédé :
Citation ou référence d'un passage de l'œuvre :

③ Nom du procédé :
Citation ou référence d'un passage de l'œuvre :

ACTIVITÉ 4
Réaliser une couverture et proposer un autre titre

Réalisez une couverture et collez-la ici. Proposez un nouveau titre.

Justifiez vos choix de couverture et de titre.

ŒUVRE INTÉGRALE

LA POÉSIE

ACTIVITÉ 1
Découvrir l'œuvre

ÉTAPE 1 La couverture

Notez le nom de l'auteur et le titre de l'œuvre.

Décrivez l'image de la couverture. Que représente-t-elle ? Comment est-elle composée et cadrée ? Quelles sont les couleurs dominantes ?

Quel effet cette image suscite-t-elle en vous : curiosité, envie de sourire, rêverie, désintérêt, rejet... ? Expliquez la raison de ce ressenti.

Quel(s) lien(s) pouvez-vous établir entre l'image de couverture et le titre de l'œuvre ?

Créez la couverture qui vous donnerait vraiment envie de lire ce livre. Vous pouvez la dessiner ou la composer par un collage d'éléments d'autres images de couverture que vous aurez imprimées.

ÉTAPE 2 La quatrième de couverture

Lisez la quatrième de couverture de votre édition. Cherchez sur Internet d'autres quatrièmes de couverture de la même œuvre. Relevez les mots qui reviennent le plus souvent (ou leurs synonymes). Puis, à partir d'un générateur gratuit de nuages de mots, créez un nuage de mots que vous collerez ci-dessous.

ACTIVITÉ 2
Se repérer dans l'œuvre

Cherchez la table des matières ou le sommaire de l'ouvrage. L'auteur a-t-il divisé son œuvre en utilisant plusieurs niveaux de titres (parties / sous-parties, sections / poèmes) comme un livre structuré ou n'a-t-il fait que rassembler ses poèmes en un simple recueil ?

Repérez-vous un sens, une logique dans la succession des poèmes ? Si oui, essayez de formuler précisément ce sens.

Reportez ci-dessous, au fil de votre lecture, les titres des poèmes qui correspondent le mieux aux affirmations ci-dessous.

Les poèmes que j'ai lus avec plaisir

Les poèmes que j'ai préféré lire à voix haute (pour mieux les comprendre ou pour mieux les apprécier)

Les poèmes que j'ai lus mais avec difficulté, en peinant

Les poèmes qui m'ont découragé et que j'ai sautés

Quel(s) point(s) commun(s) existe-t-il entre les poèmes qui vous ont paru faciles ou agréables à lire ? Pouvez-vous alors dire ce qui vous plaît le plus lorsque vous lisez un poème ?

De même, pouvez-vous dégager les caractéristiques communes aux poèmes qui vous ont déplu ?

Quelles difficultés rencontrez-vous dans la lecture des poèmes ? Qu'est-ce qui vous décourage parfois, selon vous ?

ACTIVITÉ 3
Inscrire l'œuvre dans l'histoire et dans l'histoire littéraire

La frise ci-dessous représente une période de vingt ans autour de la date de publication de l'œuvre, que vous indiquerez au centre. Remplissez-la à l'aide de recherches documentaires personnelles (sur Internet ou dans votre manuel scolaire), en y plaçant : trois grands événements politiques ou sociaux ; trois grandes découvertes ou inventions scientifiques ; trois œuvres littéraires ou artistiques marquantes.

Date
de publication
....

Faites quelques recherches sur la poésie à l'époque de l'œuvre inscrite à votre programme, puis remplissez le tableau suivant.

Mouvement littéraire dominant	....
Idées qui définissent ce mouvement	....
Thèmes poétiques les plus caractéristiques	....
Autres tendances littéraires et artistiques	....
Idées et auteurs représentatifs	....

Votre œuvre peut-elle être rattachée à un mouvement littéraire de son époque ? Pourquoi ?

....

....

....

....

....

....

....

....

Voici quatre citations qui expriment des conceptions diverses de la poésie. Entourez celle qui est la plus accordée à l'œuvre inscrite à votre programme et justifiez votre choix.

« Appelons poésie une création par l'image et le rêve. »

Jules Renard, *Journal*, 1887-1892

« L'art ne fait que des vers ; le cœur seul est poète. »

André Chénier, *Élégies*, fin XVIIIe siècle

« De la musique avant toute chose »

Paul Verlaine, *Jadis et naguère*, 1885

« [La poésie] montre nues, sous une lumière qui secoue la torpeur, les choses surprenantes qui nous environnent et que nos sens enregistraient machinalement. »

Jean Cocteau, *Le Secret professionnel*, 1922

⇨

....

....

....

....

....

....

....

....

COUP DE POUCE
Mémorisez la citation que vous avez choisie pour pouvoir l'utiliser dans vos dissertations !

ACTIVITÉ 4
Travailler sur les tonalités (ou registres) poétiques

Extrait n° 1

Roland et Olivier sont en train de se battre…

Ils luttent de si près avec de sourds murmures,
Que leur souffle âpre et chaud s'empreint
sur leurs armures ;
Le pied presse le pied ; l'île à leurs noirs assauts
Tressaille au loin ; l'acier mord le fer ;
des morceaux
De heaume et de haubert, sans que
pas un s'émeuve,
Sautent à chaque instant dans l'herbe
et dans le fleuve.

Victor Hugo, « Le Mariage de Roland »,
La Légende des siècles, 1859.

Surlignez le vocabulaire qui renvoie aux armes et aux armures des chevaliers. Soulignez les hyperboles qui suggèrent la puissance des combattants. Quelle est la tonalité littéraire de ce texte ?

....
....
....
....
....
....
....
....
....
....
....
....
....
....

Surlignez les marques de la première personne. Soulignez les verbes et les adjectifs qui expriment la subjectivité (émotions, sentiments, jugements). Quelle est la tonalité littéraire de ce texte ?

....
....
....
....
....
....
....
....
....
....
....
....

Extrait n° 2

Je fais souvent ce rêve étrange et pénétrant
D'une femme inconnue, et que j'aime, et qui m'aime,
Et qui n'est, chaque fois, ni tout à fait la même
Ni tout à fait une autre, et m'aime et me comprend.

Paul Verlaine, « Mon rêve familier »,
Poèmes saturniens, 1866.

Parcourez l'œuvre inscrite à votre programme. Donnez, pour chaque tonalité ci-dessous, un titre de poème où elle vous semble être dominante. Attention : toutes les tonalités ne seront sans doute pas représentées !

Tonalité épique : ……………………………………………

Tonalité lyrique : ……………………………………………

Tonalité élégiaque : ……………………………………………

Tonalité satirique : ……………………………………………

Tonalité polémique : ……………………………………………

Tonalité humoristique / ludique : ……………………………………………

COUP DE POUCE
Si vous hésitez sur certaines tonalités, vous pouvez en retrouver les définitions dans votre manuel de français.

Selon vous, quelle tonalité littéraire est la plus fréquente dans l'œuvre inscrite à votre programme ?

……………………………………………

……………………………………………

……………………………………………

À votre tour, écrivez un court poème (huit vers maximum ou cinq lignes de prose) qui mettra en œuvre cette tonalité littéraire, en partant de ce que vous inspire le titre de l'œuvre.

……………………………………………

……………………………………………

……………………………………………

……………………………………………

……………………………………………

……………………………………………

……………………………………………

……………………………………………

……………………………………………

COUP DE POUCE
Écrivez votre poème au brouillon avant de le recopier proprement ci-dessus.

ACTIVITÉ 5
Insérer des citations dans une dissertation ou un essai

Voici un extrait d'une dissertation d'élève sur « Pauca meae » de Victor Hugo (livre IV des *Contemplations*, 1856).

Ainsi, le livre IV des Contemplations permet de comprendre enfin pourquoi, dans la préface de l'œuvre, Victor Hugo indique qu'il faut lire le recueil « comme on lirait le livre d'un mort ». Tout entier consacré à exprimer la déchirante profondeur du deuil qu'il ressent, ce livre IV dépeint le poète comme dépossédé de sa propre existence depuis la mort de sa fille Léopoldine, privé de « la lumière / Qu['il] avai[t] parmi les vivants » (dans le poème « Trois ans après »), et hanté par l'idée de fleurir la tombe de son enfant chérie avec « Un bouquet de houx vert et de bruyère en fleur » (« Demain, dès l'aube... », v. 12). Le poète, par conséquent, s'envisage comme exclu du monde des vivants.

Surlignez les citations.

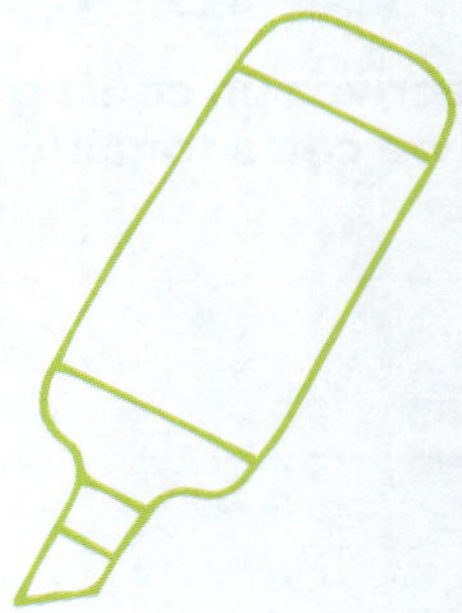

Quels éléments figurent entre parenthèses ?

- ☐ Les citations
- ☐ Les titres des poèmes dont elles sont issues

Comment les modifications des citations nécessaires à leur insertion dans les phrases de l'élève sont-elles signalées ?

- ☐ Par des parenthèses
- ☐ Par des crochets

Rédigez un paragraphe de dissertation ou d'essai à propos de l'œuvre inscrite à votre programme où vous montrerez que la poésie permet d'exprimer avec subtilité divers sentiments humains. Vous insérerez au moins deux citations dans ce paragraphe (mots isolés ou éléments plus longs).

ACTIVITÉ 6
Insérer des citations dans un commentaire

Voici un extrait d'un commentaire d'élève du poème « Clair de lune » de Paul Verlaine (*Fêtes galantes*, 1869).

Le poème non seulement multiplie les allusions à la musique par le champ lexical qui s'y rapporte « bergamasques », « luth », « en chantant », « mode mineur » et « chanson », mais il joue sur les sonorités du poème pour faire naître à l'oreille du lecteur une douce musique. On remarque en effet des allitérations, par exemple en [m], vers 2 : « Que vont charmant masques et bergamasques », ou en [l] « Au calme clair de lune vers 9 ». Donc, la musique s'insère au sein même de l'écriture poétique.

Surlignez les citations.

Les citations et leurs références sont mal insérées : listez les erreurs commises (ponctuation...)

- ✗ ....
....
- ✗ ....
....
- ✗ ....
....
- ✗ ....
....
- ✗ ....
....
- ✗ ....

COUP DE POUCE
Pensez à rejeter les numéros de vers des citations entre parenthèses et à la fin des citations.

Choisissez un poème de l'œuvre inscrite à votre programme et rédigez un paragraphe de commentaire où vous analyserez la tonalité littéraire de ce texte. Vous insérerez au moins deux citations (mots isolés ou éléments plus longs).

ACTIVITÉ 7
Travailler les formes poétiques

Placez, sous chacun des courts poèmes ou extraits de poèmes suivants, la forme poétique qui lui correspond : poème en vers mesurés / poème en vers libres / poème en prose / poème éclaté ou étoilé / calligramme.

N'écris pas. Je suis triste, et je voudrais m'éteindre.
Les beaux étés sans toi, c'est la nuit sans flambeau.
J'ai refermé mes bras qui ne peuvent t'atteindre,
Et frapper à mon cœur, c'est frapper au tombeau.

Marceline Desbordes-Valmore

▷ ……………………………………………………

Ah ! pourquoi de vos yeux
Tant appeler mes yeux,
Et pourquoi d'une folle étreinte me dire
Que tout est puéril
Hors élan de nos cœurs
Éperdus l'un vers l'autre.

Marie Krysinska

▷ ……………………………………………………

Choit
la plume
rythmique suspens du sinistre
s'ensevelir
aux écumes originelles

Stéphane Mallarmé

▷ ……………………………………………………

MON CŒUR PAREIL À UNE FLAMME RENVERSÉE

Guillaume Apollinaire

▷ ……………………………………………………

J'ai tendu des cordes de clocher à clocher ; des guirlandes de fenêtre à fenêtre ; des chaînes d'or d'étoile à étoile, et je danse.

Arthur Rimbaud

▷ ……………………………………………………

BON À SAVOIR

- **Vers :** mesurés, libres ; octosyllabe, décasyllabe, alexandrin ; césure ; isométrie, hétérométrie.
- **Rimes :** pauvres, suffisantes, riches ; plates, croisées, embrassées ; masculines, féminines ; strophe.
- **Prose :** rythme syntaxique ; ponctuation forte, faible, expressive ; effets de parallélisme, de répétition ; allitération, assonance.
- **Mise en page :** blanc, espace, suspens ; effets typographiques.

Choisissez un poème de l'œuvre inscrite à votre programme. Décrivez-en la forme le plus précisément possible, en vous aidant du petit lexique ci-contre.

Poème choisi : ……………………………………

Page : ……………………………………

Forme : ……………………………………

……………………………………………………

ACTIVITÉ 8
Retenir des citations

Choisissez un poème ou un extrait de poème de l'œuvre inscrite à votre programme et entraînez-vous à le lire à voix haute. Quand vous vous sentez prêt, enregistrez-vous. Écoutez votre lecture : qu'en pensez-vous ?

Sélectionnez un autre texte de l'œuvre. Lisez-le attentivement, puis choisissez une musique dont le rythme convient pour accompagner le poème. Enregistrez-vous sur le fond musical choisi. Écoutez votre lecture : que pensez-vous de votre création ?

COUP DE POUCE
Préférez une musique qui correspond à l'époque de la publication du poème : c'est l'occasion de faire une recherche rapide sur l'histoire de la musique et de découvrir des univers musicaux nouveaux ! Prenez le temps d'écouter beaucoup de musiques différentes avant de choisir !

Un centon est un texte créé à partir de la reprise d'éléments d'une œuvre littéraire, c'est-à-dire une sorte de montage de vers ou de phrases qui forme un texte nouveau. Parcourez l'œuvre inscrite à votre programme, puis relevez des phrases ou des vers qui pourraient fonctionner ensemble et créez votre centon. En l'apprenant par cœur, vous mémoriserez ainsi un assez grand nombre de citations de votre œuvre !

COUP DE POUCE

Si votre œuvre est constituée de poèmes en vers, essayez de faire rimer ensemble vos emprunts de manière à créer un centon plus facilement mémorisable !

ACTIVITÉ 9
Bilan de lecture personnel

Faites le bilan de votre lecture personnelle de l'œuvre en complétant les phrases suivantes.

Désormais, si on me demande d'expliquer le titre de cette œuvre, je dirai ....

Dans cette œuvre, il y a un peu de moi parce que ....

Le jour de l'oral du bac, pourquoi aurais-je envie, ou non, de présenter cette œuvre à l'entretien ? ....

Dans dix ans, si je ne retiens plus qu'un détail de ce livre, ce sera ....

parce que ....

LECTURE CURSIVE
LA POÉSIE

ACTIVITÉ 1
Mémoriser les références du livre

Remplissez la carte d'identité du livre que vous avez lu en complément de l'œuvre poétique au programme.

Titre : ....

Auteur : ....

Date de première publication : ....

à ....

Genre littéraire : ....

Collez ici le portrait de l'auteur.

SIGNALEMENT

Nombre de poèmes : ....

Structure de l'œuvre (organisation des poèmes) : ....

....

RÉCEPTION PAR LES LECTEURS

Succès ou échec à l'époque ? ....

HISTOIRE LITTÉRAIRE

Mouvement culturel auquel on peut l'associer : ....

Influence sur d'autres auteurs : ....

....

....

....

....

....

....

ACTIVITÉ 2
Mémoriser les informations nécessaires pour l'examen

Établissez la carte mentale de l'œuvre sur le fond suivant.

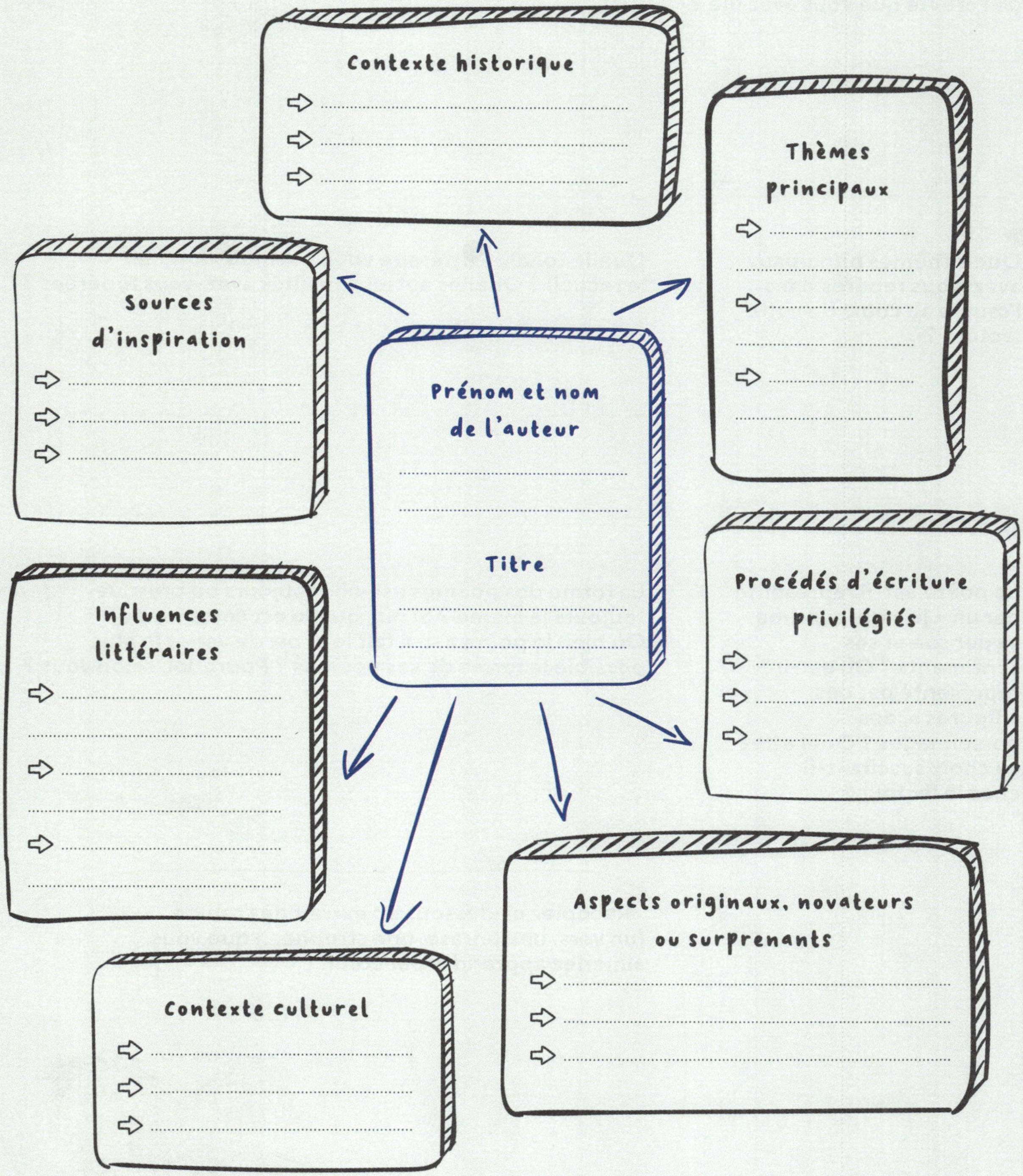

ACTIVITÉ 3
Comprendre et s'approprier les textes

Comment comprenez-vous le titre de l'œuvre que vous avez lue ?

....

....

....

....

S'agit-il d'un simple recueil de poèmes sans structure particulière ou d'un livre de poèmes construit et organisé ? Justifiez votre réponse.

....

....

....

....

....

Quels thèmes principaux avez-vous repérés dans l'œuvre au cours de votre lecture ?

....

....

....

....

Quelle tonalité littéraire vous a semblé dominer le recueil ? Quelles autres tonalités avez-vous repérées ?

....

....

....

....

....

Le poète est-il représenté par un « je » qui exprime sa pensée et ses sentiments ? Ou est-il représenté par des « figures », des personnages ? Quel effet ce choix suscite-t-il chez le lecteur ?

....

....

....

....

....

....

....

....

....

....

La forme des poèmes est-elle toujours ou presque toujours la même ? Si oui, quelle est cette forme ? Ou bien le poète a-t-il fait le choix de varier le plus possible la forme de ses poèmes ? Pourquoi, selon vous ?

....

....

....

Recopiez ci-dessous un extrait de l'œuvre (un vers, une phrase, une strophe...) que vous aimeriez apprendre par cœur.

....

....

....

....

....

Cherchez sur Internet une œuvre d'art (dessin, peinture, sculpture...) qui, selon vous, représente bien l'œuvre poétique que vous avez lue, et collez-en une reproduction dans le cadre ci-dessous.

COUP DE POUCE

Vérifiez que l'œuvre d'art que vous choisissez est suffisamment célèbre pour que vous puissiez l'évoquer lors de l'épreuve orale devant votre examinateur.

Exprimez-vous librement : qu'avez-vous apprécié dans cette lecture ? Qu'est-ce qui vous a gêné ?

....

....

....

....

....

....

....

LIRE VERS L'ORAL DU BAC

LIRE VERS L'ORAL DU BAC

PRÉPARER LE COMPTE RENDU CRITIQUE DE LA LECTURE

Tenir le journal de bord d'une lecture cursive

Pour présenter une lecture cursive à l'entretien, vous devez être sûr(e) de bien maîtriser l'œuvre, ses détails, sa construction... et de vous rappeler la façon dont vous avez réagi à ce que vous lisiez. Il est donc toujours bon que vous teniez un journal de bord de votre lecture.

COMMENT S'Y PRENDRE ?

Le journal de bord sert à conserver vos impressions et vos émotions lors de votre première lecture de l'œuvre.

Pendant cette première lecture de l'œuvre, arrêtez-vous à chaque point-clé, par exemple :

- **pour le roman et le récit :** à la fin de chaque partie ou après un groupe de chapitres (lorsqu'il y a eu une grande révélation ou, au contraire, lorsque vous êtes au cœur du suspense) ;
- **pour le théâtre :** à la fin de chaque acte ;
- **pour la littérature d'idées :** à la fin d'une partie ou bien dans un moment de transition au sein de la structure argumentative ;
- **pour la poésie :** à la fin d'une section de poèmes.

À chaque fois que vous interrompez votre lecture, **notez vos impressions spontanées** sur la portion de texte que vous venez de lire.

Indiquez vos émotions et vos jugements. Donnez votre avis sincère, soyez aussi honnête et précis(e) que possible (exemple : j'ai été très ému(e), j'ai apprécié ce passage, je suis partagé(e), je me suis ennuyé(e), je m'ennuie de plus en plus, je m'ennuyais jusqu'à présent mais cette partie m'a surpris(e) et m'a plu).

Pour décrire une émotion ou un jugement, **choisissez le mot juste.**

Ensuite, **mettez en relation cette émotion ou ce jugement avec au moins un procédé d'analyse littéraire.** Pourquoi éprouvez-vous cette émotion ? À cause de la construction des personnages ? du style du texte ? du suspense ou de la surprise ? de la longueur du texte ou du passage ?

Cela vous permettra de **préparer une argumentation sur votre lecture** : vous donnez votre avis mais en le justifiant à l'aide des outils de l'analyse littéraire.

Émotions et sensations

Voici un répertoire de mots appartenant aux registres neutre et soutenu, que vous pouvez employer pour parler de vos émotions de lecture.

ADORER

identification, admirable, engouement, fascinant, époustouflant, prodigieux, révérer, éblouissant, prenant, admirer, adhésion, passionnant, exceptionnel, remarquable, captivant, palpitant, sublime, envoûtant, fascination

AIMER

appréciable, intérêt, bien venu, satisfaisant, convaincant, plaisir, estime, estimer, délassant, apprécier, agréable, être séduit, soigné, accessible, attrayant, attachant, affectionner, plaisant, estimable, réussi, honorable, méritant, louable

NE PAS AIMER

inconcevable, irrationnel, déplaisir, inexplicable, contradictoire, illogique, décevant, discordant, incompréhensible, saugrenu, déception, déplaisant, hétéroclite, décousu, peine, invraisemblable, désapprouver, réprouver, critiquer, condamner, exagéré, reprocher, blâmer, incohérent, confus, désagréable, contrariant, disparate

ÊTRE ÉTONNÉ

étonnant, surprise, saisissant, singulier, ébahissement, stupéfiant, inattendu, énigmatique, suspense, étonnement, dépaysant, étourdissant, surprenant

APPRENDRE

intrigant, édifiant, découverte, enrichissement, instructif, signification, leçon, original, morale, enrichissant, profitable, éducatif, apprentissage

ÊTRE INDIFFÉRENT, S'ENNUYER

fastidieux, lassant, insensibilité, monotone, terne, détachement, froid, indifférence, long, fade, désintérêt

DÉTESTER

borné, inqualifiable, révoltant, simpliste, ridicule, inadmissible, intolérable, inconvenant, indigne, niais, indécent, épouvantable, absurde, révulsant, inepte, écœurant, cruel, malséant, désolant, abject

ÊTRE PARTAGÉ(E)

déconcertant, tergiverser, déroutant, désarçonnant, s'interroger, curieux, hésiter, inopiné, paradoxal, bizarre, ambivalence, étrange, inquiétant, troublant

➪ **Pour découvrir le sens des mots qui vous sont inconnus, rendez-vous sur https://dictionnaire.lerobert.com.**

ÉTAPE 1 Roman et récit, théâtre

Dans la liste ci-dessous, nous avons indiqué, pour chaque catégorie, un élément que vous pouvez commenter après avoir lu un récit ou une pièce de théâtre. Ajoutez-en trois.

Les personnages :
- leur caractère
- ……………………………………
- ……………………………………
- ……………………………………

Les actions :
- les enchaînements de causes et d'effets
- ……………………………………
- ……………………………………
- ……………………………………

La temporalité :
- la rapidité ou la lenteur dans l'enchaînement des actions
- ……………………………………
- ……………………………………
- ……………………………………

Les lieux :
- le dépouillement ou l'extrême précision des décors
- ……………………………………
- ……………………………………
- ……………………………………

Les dialogues :
- les niveaux de langage (soutenu, neutre, bas)
- ……………………………………
- ……………………………………
- ……………………………………

Le débat moral :
- la force et l'intérêt du débat moral au cœur de l'histoire
- ……………………………………
- ……………………………………
- ……………………………………

Les tonalités (registres) :
- tragique
- ……………………………………
- ……………………………………
- ……………………………………

Trois éléments à commenter pour le théâtre seulement :
- ……………………………………
- ……………………………………
- ……………………………………

Trois éléments à commenter pour le récit seulement :
- ……………………………………
- ……………………………………
- ……………………………………

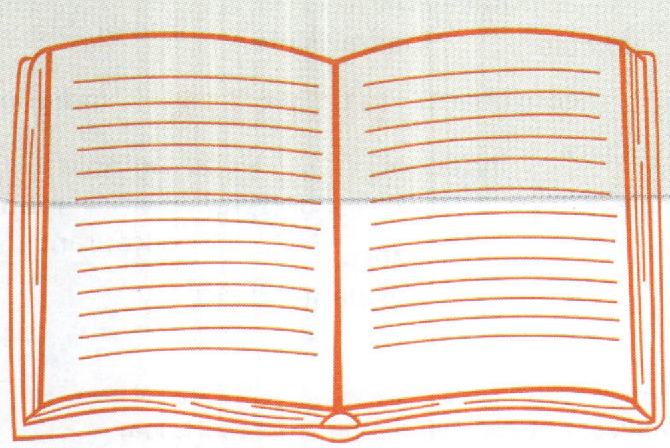

Découvrez d'autres éléments que vous pouvez commenter et des exemples d'analyses possibles.

MINI-LIENS minilienrobert.com/1JL

ÉTAPE 2

Littérature d'idées

Dans la liste ci-dessous, nous avons indiqué, pour chaque catégorie, un élément que vous pouvez commenter après avoir lu un texte de littérature d'idées. Ajoutez-en trois.

Les thèmes abordés :
- l'amour
- ……………………
- ……………………
- ……………………

Les constituants de l'argumentation :
- le thème
- ……………………
- ……………………
- ……………………

La structure de l'œuvre :
- la présentation de la thèse
- ……………………
- ……………………
- ……………………

Les modalités de l'argumentation :
- reformuler
- ……………………
- ……………………
- ……………………

Les types de raisonnement utilisés :
- implicite
- ……………………
- ……………………
- ……………………

Les tonalités (registres) :
- parodique
- ……………………
- ……………………
- ……………………

Les types de raisonnement fallacieux :
- le faux dilemme
- ……………………
- ……………………
- ……………………

Les figures de style utilisées dans l'argumentation :
- la comparaison
- ……………………
- ……………………
- ……………………

Découvrez d'autres éléments que vous pouvez commenter et des exemples d'analyses possibles.

MINI-LIENS minilienrobert.com/1JL

ÉTAPE 3 Poésie

Dans la liste ci-dessous, nous avons indiqué, pour chaque catégorie, un élément que vous pouvez commenter après avoir lu un recueil de poèmes. Ajoutez-en trois.

Les thèmes abordés :

- la nature
- ....
- ....
- ....

Les tonalités (registres) :

- lyrique
- ....
- ....
- ....

Les formes et les genres poétiques :

- la ballade
- ....
- ....
- ....

Les niveaux de langage :

- soutenu
- ....
- ....
- ....

La versification :

- les types de vers
- ....
- ....
- ....

Les figures de style liées aux sonorités et aux rythmes :

- l'énumération
- ....
- ....
- ....

Les « tropes » ou figures de pensée :

- la métaphore
- ....
- ....
- ....

Découvrez d'autres éléments que vous pouvez commenter et des exemples d'analyses possibles.

MINI-LIENS minilienrobert.com/1JL

ÉTAPE 4 S'entraîner à la méthode du journal de bord

Qu'avez-vous pensé de cette partie de l'œuvre ? Décrivez vos émotions de lecture et ce qui les a suscitées.

....
....
....
....
....
....
....
....
....
....
....
....

Quel élément de l'histoire, de l'argumentation ou du poème vous a particulièrement marqué ?

....
....
....
....
....
....
....
....
....
....
....
....

Quelle figure de style, quel procédé d'écriture sont, selon vous, responsables de ces impressions de lecture ?

....
....
....
....
....
....
....
....

ÉTAPE 5

Comparer les critiques d'une œuvre

Sur Internet, recherchez deux critiques de l'œuvre cursive. Notez ici leurs références (nom de l'auteur, titre, année) et le site où vous les avez trouvées.

1. ....

2. ....

Résumez l'opinion défendue par chacune de ces critiques.

1. ....

2. ....

Avec laquelle de ces critiques êtes-vous le plus en accord ? Expliquez pourquoi.

....

ÉTAPE 6

Si c'était vous qui aviez écrit cette œuvre…

Roman et récit : auriez-vous changé la fin ? Pourquoi ?

....

Théâtre : auriez-vous ajouté ou supprimé des scènes et si oui, lesquelles ? Pourquoi ?

....

Littérature d'idées : auriez-vous défendu le même point de vue ? Auriez-vous traité le thème de la même manière ?

....

Poésie : comment auriez-vous traité les thèmes abordés ?

....

PRÉPARER LE COMPTE RENDU ORAL DE LA LECTURE

Qu'attend-on du candidat le jour de l'oral de français ?

VOUS DEVEZ :
- défendre votre choix de l'œuvre pendant 3 minutes ;
- comprendre les questions de l'examinateur et y répondre ;
- vous exprimer correctement à l'oral ;
- montrer que vous avez bien lu le livre ;
- montrer que vous savez réagir, positivement ou négativement, à un livre et défendre votre point de vue avec des arguments.

Pour chacune de ces compétences, évaluez-vous.

Justifier le choix de l'œuvre	☐ Maîtrisée	☐ À améliorer
Comprendre les questions	☐ Maîtrisée	☐ À améliorer
Répondre de façon précise	☐ Maîtrisée	☐ À améliorer
S'exprimer de façon claire	☐ Maîtrisée	☐ À améliorer
Montrer ce que l'on sait	☐ Maîtrisée	☐ À améliorer
Porter un jugement argumenté sur un livre	☐ Maîtrisée	☐ À améliorer
Défendre son point de vue avec des arguments	☐ Maîtrisée	☐ À améliorer

Préparer son discours sur l'œuvre

ÉTAPE 1 Partir de ses émotions

J'ai choisi le livre suivant : ....

....

....

Quelles sont les raisons de mon choix ? ....

....

....

....

....

....

....

....

....

....

....

....

....

....

....

....

....

COUP DE POUCE

Vous avez travaillé sur les émotions qu'ont suscité en vous vos lectures d'œuvres intégrales et vos lectures cursives. Choisissez une émotion positive parmi celles-ci et exposez deux raisons qui ont motivé le choix de ce livre en une phrase chacune.

BON À SAVOIR

Attention ! Certains arguments ne sont pas recevables : j'ai choisi cette œuvre parce que c'était court, parce que c'était facile à comprendre, parce que je ne veux pas tomber sur ce genre littéraire en explication linéaire…

ÉTAPE 2 Ajouter des analyses précises du livre

Pour donner du poids à votre choix, vous pouvez proposer une analyse plus littéraire de l'ouvrage. Cette analyse expliquera pourquoi vous avez ressenti les émotions présentées en ouverture. Voici quelques pistes à suivre pour enrichir votre discours...

Quel est votre passage préféré dans cette œuvre ? Pourquoi ?

....

....

....

....

Quel est votre personnage préféré dans ce livre ? Pourquoi ?

....

....

....

....

....

Quelle citation retenez-vous dans cette œuvre ?

“ ....

....

.... ”

Quelle idée défend cette phrase et pourquoi vous sentez-vous concerné par elle ?

....

....

....

....

....

Quelle phrase avez-vous trouvée belle dans ce livre ? Ou quel passage avez-vous trouvé beau ? Expliquez à quoi tient cette beauté.

....

....

....

....

....

....

....

....

....

....

....

....

....

....

....

....

....

Quel procédé littéraire (figure de style, temps des verbes, pronoms, choix des mots...) pouvez-vous trouver dans cette citation / dans cette phrase / dans ce passage ? En quoi ce procédé littéraire fait-il naître votre intérêt ou votre émotion ?

....

....

....

....

....

ÉTAPE 3 Nuancer sa présentation

Un avis intéressant est un avis nuancé. Même quand on a aimé un livre, on a toujours des réserves sur un point : c'est cela, exercer son sens critique. Pour nuancer votre choix, voici des questions auxquelles vous devrez réfléchir.

Quel est le passage qui vous a le plus déplu dans cette œuvre ?

Est-ce dû à la forme (trop d'informations, de répétitions, de difficultés à se retrouver dans les personnages, un vocabulaire compliqué…) ou au fond (idées avec lesquelles je ne suis pas d'accord, sujet qui ne m'intéresse pas…) ?

Quel procédé littéraire (figure de style, temps des verbes, pronoms, choix des mots…) pouvez-vous trouver dans ce passage ? En quoi ce procédé littéraire renforce-t-il votre impression négative ?

ÉTAPE 4 Rédiger son discours

Recopiez ci-dessous les phrases que vous avez écrites dans les étapes 1 à 3 l'une à la suite de l'autre, en ajoutant une phrase de conclusion.

Entraînez-vous à lire votre discours : s'il fait 3 minutes, c'est gagné !

Comment réussir sa présentation orale ?

COUP DE POUCE

- Prenez votre temps, ne parlez pas trop vite, articulez bien et parlez fort.
- « Posez » votre voix : parlez en imaginant que le son provient de votre ventre, et non de votre gorge ou de votre tête.
- Parlez de manière expressive, en variant les tons. Ne lisez pas constamment vos notes (pour éviter ce danger, rédigez-les en style télégraphique ou par mots-clés).
- Essayez de repérer vos tics de langage et entraînez-vous à les réduire au maximum (ex. : « heu... », « alors », « donc », « voilà »).
- Marquez de courts silences entre les différentes parties de votre présentation.

Enregistrez la présentation d'un texte de votre choix. Écoutez-vous.

Que pourriez-vous améliorer ? Faites attention au débit, au ton, aux tics de langage...

Réenregistrez-vous. Qu'avez-vous amélioré ?

Découvrez des conseils sur l'attitude à adopter et les meilleures façons de combattre le trac.

MINI-LIENS minilienrobert.com/1JL

Comment rendre sa performance vivante ?

Regardez cette vidéo de Fabien Olicard : https://youtu.be/PN0YPICylXc, puis répondez aux questions suivantes.

Résumez les neuf conseils donnés par le présentateur pour réussir une présentation orale.

1. ……………………………………………………
2. ……………………………………………………
3. ……………………………………………………
4. ……………………………………………………
5. ……………………………………………………
6. ……………………………………………………
7. ……………………………………………………
8. ……………………………………………………
9. ……………………………………………………

Parmi ces conseils, quels sont ceux que le présentateur suit toujours dans sa vidéo ?

……………………………………………………

Quels sont ceux qu'il ne suit pas toujours ?

……………………………………………………

COUP DE POUCE

Vous pouvez refaire le même exercice avec la vidéo de Claire Georges sur la chaîne Antisèche où une enseignante présente l'épreuve orale du bac de français : https://youtu.be/1njXV6osoc0 (surtout à partir de 6'50").

Analyser une critique d'œuvre littéraire

Regardez le podcast littéraire d'Augustin Trapenard, « 21 cm de + », et en particulier le numéro qu'il consacre aux œuvres de George Sand parues dans la collection de la Pléiade : https://www.canalplus.com/decouverte/21-cm-de/h/9575397_50001 (« Œuvres 1 & 2 », émission du 7 décembre 2019).

Résumez la structure de la présentation (sujets abordés successivement par l'orateur).

....
....
....
....
....
....
....
....

Que pouvez-vous dire de l'attitude de l'orateur dans sa présentation ?

Posture physique :

....
....
....
....

Direction du regard :

....
....
....
....

Intonation(s) :

....
....
....
....
....

Gestes :

....
....
....
....
....
....

Comparez cette présentation avec deux autres du même podcast :
Ça raconte Sarah **de Pauline Delabroy-Allard et** ***Manger Bambi*** **de Caroline de Mulder**
(https://www.canalplus.com/decouverte/21-cm-de/h/9575397_50001).

Quel symbole ou quelle mise en scène sont utilisés pour représenter chacun des trois livres ? En quoi chaque symbole ou mise en scène reflète le caractère plus ou moins classique, plus ou moins sulfureux de chaque ouvrage ?

George Sand : ....

....

....

Pauline Delabroy-Allard : ....

....

....

Caroline de Mulder : ....

....

....

....

Relevez les adjectifs employés dans chacune des trois présentations pour décrire l'opinion et les émotions de l'orateur à propos des livres.

George Sand : ....

....

....

....

Pauline Delabroy-Allard : ....

....

....

....

Caroline de Mulder : ....

....

....

....

Découvrez des conseils pour mémoriser votre présentation

MINI-LIENS minilienrobert.com/1JL

PRÉPARER L'ENTRETIEN AVEC L'EXAMINATEUR

Quelles questions peut poser l'examinateur ?

CES QUESTIONS SONT ESSENTIELLEMENT DE DEUX TYPES.

On peut vouloir vérifier que vous avez bien lu l'œuvre et que vous la connaissez en détail.
Questions sur la période, le mouvement littéraire, le genre auquel le livre appartient, le contenu de certains passages, le parcours associé, les exercices faits en classe.

On peut vous demander d'exprimer un sentiment personnel à l'égard du livre.
Questions sur votre personnage ou votre passage préféré, sur ce qui vous a le plus marqué dans l'argumentation d'une œuvre d'idées, sur le poème d'un recueil que vous avez trouvé le plus enrichissant ou le plus surprenant...

COMMENT ARGUMENTER ?

C'est une **bonne idée** de...

... ne pas hésiter à dire que vous ne comprenez pas une question. L'examinateur pourra ainsi la reformuler et vous ne répondrez pas à côté.

... ne pas parler trop longtemps, et permettre à l'examinateur de vous interrompre ou de vous poser d'autres questions. Ne monopolisez pas la parole, laissez la personne en face vous poser un plus grand nombre de questions afin d'éclairer différents aspects de votre lecture de l'œuvre.

C'est une **très mauvaise idée** de...

... contredire votre examinateur s'il cherche visiblement à vous faire exprimer un avis différent ou plus nuancé.

... parler sans nuancer vos propos. À l'inverse, utilisez le plus possible le vocabulaire de la nuance (ce que l'on appelle les « modalisateurs »).

... justifier votre choix d'ouvrage par des arguments du type : c'était le livre le plus court / le plus facile / le moins compliqué à comprendre, qui m'a le moins ennuyé(e)... Privilégiez les réponses basées sur une idée positive plutôt que sur la notion d'échec : vous avez été intéressé(e) par tel aspect, vous avez apprécié tel personnage...

BON À SAVOIR

Le vocabulaire de l'expression personnelle et de la nuance

- **Lorsque vous êtes convaincu(e) par ce que vous dites :**
  à mon avis ; selon moi ; probablement ; personnellement ; d'un point de vue personnel ; je pense que ; il m'a semblé que ; il ne m'a pas semblé que ; j'ai trouvé que ; je n'ai pas trouvé que…
- **Lorsque vous n'êtes pas certain(e) de ce que vous dites :**
  peut-être ; sans doute ; apparemment ; éventuellement ; on pourrait supposer que ; le public pourrait avoir l'impression que ; il est possible que ; on peut envisager que ; on peut émettre l'hypothèse que…

Entraînez-vous : appliquez ces conseils en répondant à ces trois questions sur l'œuvre de votre choix (de préférence, celle que vous comptez présenter à l'oral).

Nom de l'œuvre choisie : ……………………………………

Avez-vous trouvé facile d'entrer dans l'œuvre ?

Avez-vous trouvé la lecture de l'œuvre aisée ? Pourquoi ?

Si vous étiez enseignant(e), choisiriez-vous de faire lire cette œuvre à vos élèves ? Pourquoi ?

Réviser en vue de l'entretien

ÉTAPE 1 Créer sa fiche de lecture

Titre : ....

Auteur : ....

Genre littéraire : ....

Siècle : ....

Mouvement littéraire :

Le définir en une phrase et indiquer un ou deux auteurs appartenant au même mouvement.

....

Sujet de l'œuvre :

Présenter en deux phrases son thème central.

....

ÉTAPE 2 Donner les preuves de sa lecture

Notez trois informations de détail qui vous ont marqué(e), positivement ou négativement. Elles prouveront que vous avez lu le texte de près !

Premier détail qui m'a marqué(e)	Situation de ce détail dans l'œuvre	Pourquoi ce détail m'a-t-il marqué(e) ?
1		

Deuxième détail qui m'a marqué(e)	Situation de ce détail dans l'œuvre	Pourquoi ce détail m'a-t-il marqué(e) ?
2		

Troisième détail qui m'a marqué(e)	Situation de ce détail dans l'œuvre	Pourquoi ce détail m'a-t-il marqué(e) ?
3		

Anticiper les questions de l'examinateur

Voici un certain nombre de questions que l'examinateur peut vous poser. Entraînez-vous à y répondre ! Inscrivez vos réponses ci-dessous.

Des questions en lien avec le parcours de lecture associé

Dans votre programme, quel est le parcours de lecture associé au genre littéraire auquel appartient cette œuvre ?

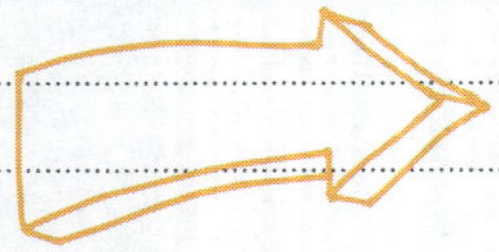

Quel est le lien entre ce livre et le parcours de lecture ?

Des questions en lien avec le mouvement littéraire de l'œuvre choisie

Pensez-vous que vous seriez capable de reconnaître une autre œuvre du même auteur ? À quoi ?

Quelles œuvres connaissez-vous dans le même mouvement littéraire ou artistique ?

Des questions en lien avec le contexte de cette œuvre

Pensez-vous que l'œuvre aurait pu être écrite à une autre époque/à notre époque ?

En quoi cette œuvre peut-elle encore intéresser un lecteur contemporain ?

Des questions en lien avec votre avis sur l'œuvre

Qu'a provoqué chez vous la lecture de cette œuvre ? Vous a-t-elle fait changer ? En quoi ? Vous a-t-elle fait réfléchir ? À quoi ? Vous a-t-elle ému(e) ? Pourquoi ?

Quelle idée avancée par l'auteur vous interpelle le plus ?

Avez-vous des points de désaccord avec l'auteur / le narrateur / le personnage principal ?

Des questions d'appropriation

Pourriez-vous imaginer un autre titre pour cette œuvre ?

À quelle musique auriez-vous envie d'associer l'œuvre ?

Si vous étiez éditeur et que vous deviez choisir une illustration pour la première de couverture, que proposeriez-vous ?

Pour achever votre entraînement à l'entretien, voici un dernier exercice à réaliser ! Inventez quatre questions que vous pourriez poser en tant qu'examinateur à un candidat et répondez-y. Si vous avez du mal à faire l'exercice, demandez de l'aide à vos amis !

La première question que je pourrais poser est : ....

Ma réponse serait : ....

La deuxième question que je pourrais poser est : ....

Ma réponse serait : ....

Imaginez aussi la pire question que l'on pourrait vous poser : ....

Ma réponse serait : ....

Et finissez par la question que vous aimeriez qu'on vous pose : ....

Ma réponse serait : ....

CHRONOLOGIE DES ŒUVRES ÉTUDIÉES

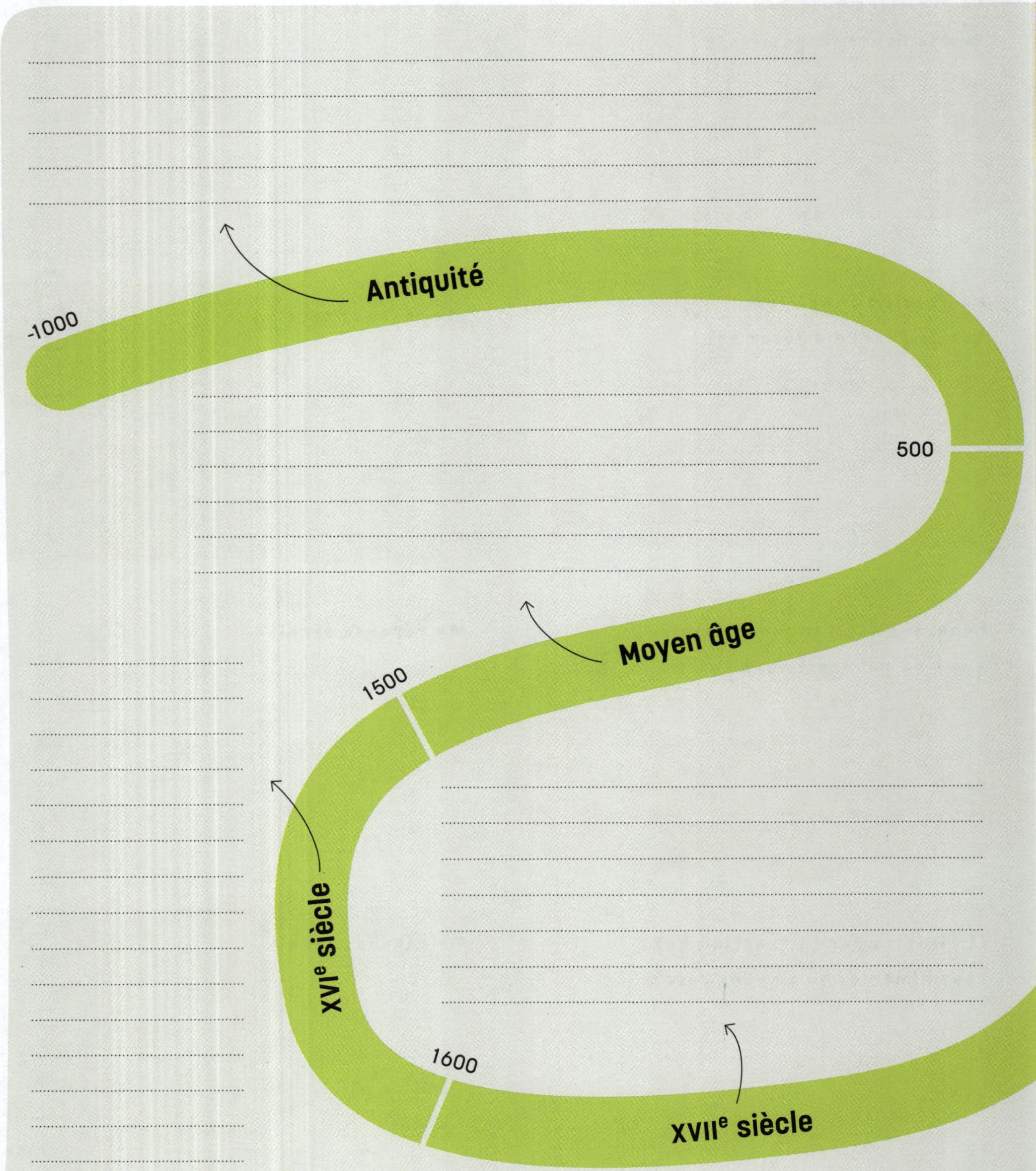

Placez sur la frise les œuvres que vous avez lues. Vous pouvez ajouter les mouvements littéraires étudiés en classe, ainsi que d'autres œuvres littéraires et artistiques que vous avez pu découvrir dans d'autres matières ou par vous-même.

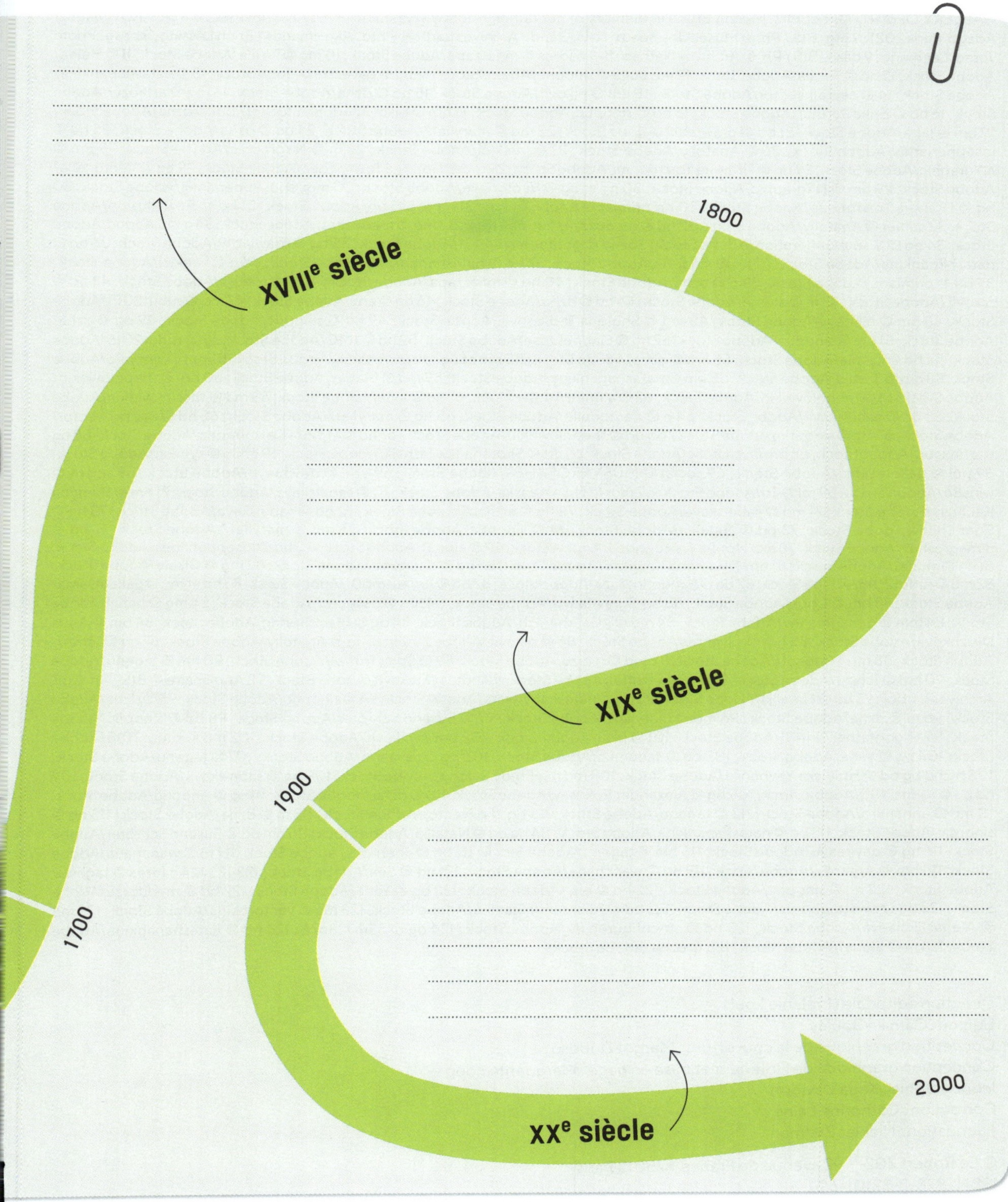

CRÉDITS ICONOGRAPHIQUES

Couverture : © rangizzz/Adobe Stock - © sebra/Shutterstock
Intérieur : 2 bg © germina/Adobe Stock ; 4-5 © Enka Parmur/Adobe Stock ; 6-7 © ritaklimenko/Adobe Stock ; 8 mg : NATIONAL GALLERY OF ART/ Gift of Mrs. Mellon Bruce in memory of her father, Andrew W.Mellon ; 8 m : AKG-Images ; 8 md : AKG-Images/ Adagp, Paris 2021 ; 9 htg : BIS / Ph. © Musée des Beaux-Arts, Gand - Archives Larbor ; 9 htd : Akg-images / Erich Lessing ; 9 basg : Photo Josse/Leemage ; 9 basd : BIS / Ph. © Archives Nathan ; 8-9 cadres © mhatzapa/Adobe Stock ; 10 mg ©Tartila/Adobe Stock ; 11 © Helga/ Adobe Stock ; 12 hd © Tartila/Adobe Stock ; 12 md bulle © sinoptic/Adobe Stock ; 12 bg © pavector/Adobe Stock ; 13 © natashapankina/ Adobe Stock ; 14 © captainvector/Adobe Stock ; 15 hm © pikovit/Adobe Stock ; 15 bd © dzha/Adobe Stock ; 16 mg © artkozyr/Adobe Stock ; 16 hd © Enka Parmur/Adobe Stock ; 16 bd © sinoptic/Adobe Stock ; 17 hm © pikovit/Adobe Stock ; 17 bm © dzha/Adobe Stock ; 19 bm © lana/Adobe Stock ; 21 bd © drawlab19/Adobe Stock ; 22 md © marylia17/Adobe Stock ; 24 bd © dzha/Adobe Stock ; 25 hd © josepperianes/Adobe Stock ; 26 © Anatoliy/Adobe Stock ; 27 © veekicl/Adobe Stock ; 28 m © NYgraphic/Adobe Stock ; 29 hm © NYgraphic/Adobe Stock ; 29 hd © Полина Томтосова/Adobe Stock ; 29 md © Полина Томтосова/Adobe Stock ; 29 bg © Vectorielle/ Adobe Stock ; 29 bm © NYgraphic/Adobe Stock ; 30 hg et bg © Vectorielle/Adobe Stock ; 30 mm © josepperianes/Adobe Stock ; 30 hd © Полина Томтосова/Adobe Stock ; 30 bd primiaou/Adobe Stock ; 31 hg © Sirbon/Adobe Stock ; 31 bd © Real Illusion/Adobe Stock ; 32 cahier © Anatoliy/Adobe Stock ; 32 hd © meduzzza/Adobe Stock ; 33 md © meduzzza/Adobe Stock ; 34 g © sinoptic/Adobe Stock ; 34 bd © Visual Generation/Adobe Stock ; 35 md © godfather744431/Adobe Stock ; 35 bg © drawlab19/Adobe Stock ; 36 hd © natashapankina/Adobe Stock ; 37 hg © sinoptic/Adobe Stock ; 37 hd © natashapankina/Adobe Stock ; 38 g © veekicl/Adobe Stock ; 39 hd © primiaou/Adobe Stock ; 39 b © dzha/Adobe Stock ; 40 hd © mhatzapa/Adobe Stock ; 41 m © robu_s/Adobe Stock ; 42 bd © pikovit/Adobe Stock ; 43 m © aluna1/Adobe Stock ; 46 hd © dzha/Adobe Stock ; 46 bg © eny/Adobe Stock ; 47 md © rudut2015/Adobe Stock ; 48 hm © nikiteev/Adobe Stock ; 48 md © Shorena Tedliashvili/Adobe Stock ; 49 hd © sinoptic/Adobe Stock ; 49 bg © dzha/ Adobe Stock ; 51 bm © sinoptic/Adobe Stock ; 52 hg © Gabriel Jose/Adobe Stock ; 52 hd ©JMC/Adobe Stock ; 53 © rudut2015/Adobe Stock ; 54 hd © Tartila/Adobe Stock ; 55 hm © dzha/Adobe Stock ; 55 bm et bd © ceramaama/Adobe Stock ; 57 bm © sinoptic/Adobe Stock ; 58 hm © Tartila/Adobe Stock ; 58 bm © natashapankina/Adobe Stock ; 59 md © Matias/Adobe Stock ; 60 bm © thepolovinkin/ Adobe Stock ; 61 © thepolovinkin/Adobe Stock ; 62 © aluna1/Adobe Stock ; 63hd © lana/Adobe Stock ; 63 md © thepolovinkin/Adobe Stock ; 63 bd © sabelskaya/Adobe Stock ; 64 b © Vectorielle/Adobe Stock ; 65 hg © marylia17/Adobe Stock ; 65 hd © captainvector/ Adobe Stock ; 65 bg © sinoptic/Adobe Stock / 65 bd © thepolovinkin/Adobe Stock / 67 hd © Ирина Самойлова/Adobe Stock ; 68 hg © primiaou/Adobe Stock ; 68 bm © Anatoliy/Adobe Stock ; 69 litt © Shorena Tedliashvili/Adobe Stock ; 69 philo © symkin/Adobe Stock ; 69 pol © paketesama/Adobe Stock ; 69 social © MUSYAROFAHBT/Adobe Stock ; 69 ethi © devitaayu/Adobe Stock ; 69 scient © wins86/Adobe Stock ; 69 rel © Tri/Adobe Stock ; 69 mor © N.Savranska/Adobe Stock ; 70 © sabelskaya/Adobe Stock ; 71 hm © Ramona Kaulitzki/Adobe Stock ; 71 md © sabelskaya/Adobe Stock ; 72 hg © artflare/Adobe Stock ; 72 hd © sabelskaya/Adobe Stock ; 73 hg © Egor Shilov/Adobe Stock ; 73 bd © Natallia/Adobe Stock ; 74 © sinoptic/Adobe Stock ; 76 md © marylia17/Adobe Stock ; 77 bd © dimagroshev/Adobe Stock ; 78 h © Ирина Самойлова/Adobe Stock ; 79 © aluna1/Adobe Stock ; 80 bg © josepperianes/Adobe Stock ; 81 hg © aluna1/Adobe Stock ; 81 bm ©Ramona Kaulitzki/Adobe Stock ; 82 hd © dollitude/Adobe Stock ; 82 mg © Gizele/Adobe Stock ; 82 md © rudut2015/Adobe Stock ; 82 bg © Fandorina Liza/Adobe Stock ; 82 bd © firdausm601/Adobe Stock ; 83 hd et mg © paketesama/ Adobe Stock ; 83 bm © Chris/Adobe Stock ; 83 bd © devitaayu/Adobe Stock ; 84 hm © pavector/Adobe Stock ; 84 mg © hchjjl/Adobe Stock ; 84 mm © dimagroshev/Adobe Stock ; 84 md © julia_khimich/Adobe Stock ; 84 bg © Black Spring/Adobe Stock ; 84 bm © Anna Druzhkova/Adobe Stock ; 85 hm © savanno/Adobe Stock ; 86 © pikovit/Adobe Stock ; 87 m © Anatoliy/Adobe Stock ; 87 bg © Ichizu/ Adobe Stock ; 88 hm © tagenu/Adobe Stock ; 88 md © Ichizu/Adobe Stock ; 89 © SpicyTruffel/Adobe Stock ; 90 hm © tagenu/Adobe Stock ; 90 md © Ichizu/Adobe Stock ; 91 © SpicyTruffel/Adobe Stock ; 92 notes © pikovit/Adobe Stock ; 92 Apollinaire © BIS / Ph. Coll. Archives Larbor ; 93 hd © Natallia/Adobe Stock ; 93 bg © natashapankina/Adobe Stock ; 94 © sinoptic/Adobe Stock ; 95 © dzha/Adobe Stock ; 96 m © dzha/Adobe Stock ; 96 md © marylia17/Adobe Stock ; 97 © Susann Schröter/Adobe Stock ; 98 bd © sinoptic/Adobe Stock ; 99 © godfather744431/Adobe Stock ; 101 © lana/Adobe Stock ; 102 bm © pikovit/Adobe Stock ; 102 md © rudut2015/Adobe Stock ; 104 bg © Yana/Adobe Stock ; 105 bg © sanumko/Adobe Stock ; 106 bg © savanno/Adobe Stock ; 107 © tagenu/Adobe Stock ; 108 hg hd bg bd © Hulinska Yevheniia/Adobe Stock ; 108 md mg Fredy Sujono/Adobe Stock ; 109 hg © sabelskaya/Adobe Stock ; 109 hd bd © rudut2015/Adobe Stock ; 109 bg © Alexander Pokusay/Adobe Stock ; 110 © dzha/Adobe Stock ; 111 hg © sinoptic/Adobe Stock ; 111 md © annamiro/Adobe Stock ; 112 © tagenu/Adobe Stock ; 113 hg © pavector/Adobe Stock ; 113 m © dzha/Adobe Stock ; 113 bg © sinoptic/Adobe Stock ; 113 bd © natashapankina/Adobe Stock ; 114 hg bd © Natallia/Adobe Stock ; 115 hm bd © Susann Schröter/Adobe Stock ; 116 hg © devitaayu/Adobe Stock ; 116 bm © tagenu/Adobe Stock ; 117 hd © chernous/Adobe Stock ; 117 m © wanchana/Adobe Stock ; 118 bm © Anatoliy/Adobe Stock ; 119 hd © wanchana/Adobe Stock ; 121 hd © Séa/Adobe Stock ; 122 123 124 cadres © tagenu/ Adobe Stock ; 122 hg © sinoptic/Adobe Stock ; 122 hd © eny/Adobe Stock ; 122 bg © Yana/Adobe Stock ; 122 bd © meduzzza/Adobe Stock ; 123 hg © owattaphotos/Adobe Stock ; 123 hd © Aliaksandr Siamko/Adobe Stock ; 123 mg © vectortwins/Adobe Stock ; 123 md © AlenaNikolaeva/Adobe Stock ; 123 bd © strichfiguren.de/Adobe Stock ; 124 hg © 334023678 ; 124 hd © natashapankina/Adobe Stock ; 124 m © aluna1/Adobe Stock ; 125 © dzha/Adobe Stock

Direction éditoriale : Mélanie Louis
Édition : Camille Bouley
Conception graphique de la couverture : Margot Dubosq
Conception graphique de l'intérieur et mise en page : Marguerite.coop
Iconographie : Katia Davidoff
Correction : Catherine Lainé
Fabrication : Nicolas Zeifman

ISBN : 978-2-32101-694-6

N°éditeur : 10270948 - dépôt légal : juillet 2021
Achevé d'imprimer en France en avril 2021 par Clerc (18)